致敬

衷心感激我珍貴的古魯（Guru）們：

雷斯・希義（Les Sheehy）是靈感與智慧的非凡泉源；

格西・阿洽爾亞・撒波騰・羅登（Geshe Acharya Thubten Loden）大師，舉世無雙，是佛法的化身；

若塞・土爾庫仁波切（Zasep Tulku Rinpoche）是珍貴的金剛上師，也是瑜伽士。

古魯即佛陀，古魯即佛法，古魯即僧伽，古魯即一切幸福的泉源。

我全身伏地頂拜、供養並皈依所有古魯。

願我從古魯那裡汲取到的靈感震波可以透過本書傳遞到無數眾生內心。

願眾生都享有幸福，以及幸福的真實成因；

願眾生都擺脫苦難，以及苦難的真實成因。

願眾生永不脫離無苦無難的幸福、涅槃解脫的極樂；

願眾生常住於平靜與等持，擺脫執著、厭惡與無明之心念。

THE DALAI LAMA'S CAT AND THE CLAW OF ATTRACTION

達賴喇嘛的貓 6

吸引力爪則

DAVID MICHIE
大衛・米奇——著
江信慧——譯

目次

致敬 2

序 吸引力「爪」則 9

如果我們一直渴望尚未能擁有的物質，那麼，快樂將永遠與我們有一段距離。可能是在下一座山的山頂。那為什麼不許願就在此時此地擁有快樂呢？

第一章 花園裡的考古大發現 21

「透過做飯，願一切眾生都有美味的食物。願他們的日常需求得到滿足。願他們遠離痛苦。」永遠別忘了這個特殊配料。她以前那些強烈的負面情緒，好像都已經轉變為正面，有時候，慈悲心的能量會自然填滿她內心，就好像以前她總是會強烈表現出不滿那般地自然而然。

第二章 貓罐頭只是一個標籤 45

我們身為人類，是有機會掌握這些習性的。可以消除負面習性，培育幸福的因緣，讓我們未來的真實體驗不只是正面而已，也可以是非凡的。說我們不能完全擺脫所有限制，不能常住於不斷增長的幸福狀態，那是沒道理的。

第三章 豆豆糖菩薩 65

先對那些我們真正有愛的對象練習慈悲心。唯有如此，當我們把這個練習做到非常熟練了，

才能把我們的慈悲心延伸到其他人身上。

我們做愈多練習，對正面想法就會愈熟悉，又因為「念念相續」，那這個想法就愈有可能在未來自發性地出現，正面想法就會開始愈來愈去影響我們的真實體驗。

進步的真正跡象是：無論我們處境如何，都能感受到一種輕鬆、一種內心的平靜，因為滿足感並不是來自外界，而是源自於內在。我們開始更關心他人，無論這些他人是誰，老年人、孩子或正在掙扎的動物，當我們的慈悲心升起時——這就是你進步的另一個重要跡象。

藥和毒的唯一區別是劑量。如果宗教是一種藥，那就應該謹慎服用。用它來療癒、促進成長，但不要上癮。一旦開始根據信仰來解釋我們自己的時候，那就真的劃錯重點了。

我們的執著和厭惡，伴隨著我們的意識之流，正是推動我們進入未來經驗的東西。我們的執著和厭惡，就是事物為何在我們眼中是「那樣」的原因。那就是吸引力之爪。

愈來愈習慣菩提心之後，它就不再只是心念的一個對象，一個觀念。菩提心成為了我們真正

序　吸引力「爪」則

如果我們一直渴望尚未能擁有的物質，那麼，快樂將永遠與我們有一段距離。可能是在下一座山的山頂。那為什麼不許願就在此時此地擁有快樂呢？

該怎麼形容這輛緩緩穿過尊勝寺前庭的車子啊？親愛的讀者，我之前從未見過這樣的，車身極長——有一般轎車的三倍之長——簡直是一艘閃閃發光的大船，外觀有點類似軍用車輛，塗裝卻是豔麗粉紅。彷彿是來自另一星球的太空船。

許多人紛紛轉過頭來。其中包括通常分屬於不同團體的遊客，他們前來拍攝莊嚴的寺院，因其背景正是山頂終年冰封、高聳的喜馬拉雅山脈。僧侶往返於鄰近的僧舍。商販在寺門外的攤位向路人兜售各種食物和飲料。這些人全都靜止下來，全都因為這輛專為吸引目光而設計的移動工具瞠目結舌，而與此同時，大車也慢速地停止了滑行。

色調暗黑的車窗內並無明顯動靜。過了一會兒，才有一扇車門打開來；從裡頭爆出一陣笑聲的同時，十位亮麗的年輕女孩一個個踩著高跟鞋搖曳生姿地走出車來。她們張開雙臂，每走一步都要連續自拍好幾張。群拍也是好幾張。再來一回單人獨拍好幾張。這個自拍是要讓寺院屋頂和若隱若現的山脈並排，那個自拍是要用最好的角度展示某件光彩奪目的商品——手提包啦、手鏈或化妝品，一旁還得配上她們開朗明豔的笑靨。

「這裡全部都好有靈性喔！」她們環顧四周，享受著路人的注目禮，同時嘰嘰喳喳地說話。

這一開場的震撼過後，前庭的一切隨即回復常軌。尊勝寺雖隱於遙遠的喜馬拉雅山脈一角，但這裡是達賴喇嘛的居所，住民們都很習慣常有不凡的訪客前來。最新的這一組訪客輪流在豪車前拍照，車身的豔麗粉紅色、寺院的啞金色，與群山峰頂超然的雪白色形成了鮮明對比。

然而，並不是所有人都對這群新客漫不在乎。當時，尊者剛剛從僧院開完會，正走在回程上，他一眼瞧見這團粉紅魅影，便指著她們笑了起來。因為他很好奇，很想仔仔細細地觀察一番，便在兩名保鑣和一群僧侶的陪同之下，被簇擁著走向豪車，但路人是瞧不見他的。我則是跟隨他的腳步，就在他身後不遠。

尊者從豪車後方靠近，懷著孩子般的好奇心，用手指關節輕敲閃亮車身，也研究起深色車窗上亮晃晃的反光玻璃。而在車頭另一邊，這群年輕女孩全聚在一塊，也全都背對著他，正準備合影。他臉上露出淘氣的神色。

充當攝影師的司機正在倒數：「三！二！一！」的最後一刻，達賴喇嘛即自車後現身，從車身另一邊走了出來。

親愛的讀者，這是一顆典型的「照片炸彈」吶！司機是第一個表現出驚喜，然後大笑的人。女孩們這才紛紛轉過身來。一認出他是誰之後，她們全都興奮地尖叫起來，大聲向他問好。

尊者的保鑣——身形高大卻沒一點幽默感的武士們——他們時刻警戒著維安漏洞，很快就跑去護住他，想先確認好訪客的身分。乘坐豔麗粉紅豪車到來、打扮入時的女客們口齒伶俐，自豪地誇說自己正是「印度三十歲以下十大網紅」，她們的網路粉絲加起來總數超過一億人。此刻，她們正在進行為期三天的喜馬拉雅山觀光行程。

「網紅？」維安小組退到一旁，達賴喇嘛邊沉思，邊迎向她們欣喜的目光。她們都專注於這個意想不到的、卻即將引爆、轟動全網的合照機會。

有位穿著大紅色洋裝、身材高挑的黑眼美女，激動地搖晃她的金色手拿包，「就是那個……」她想確定他是真的了解，便說：「就是像 IG 啦，網路媒體那些網紅。」

「對，對，」達賴喇嘛說：「很多朋友都喜歡的那個，」他佯裝手上有行動裝置，並做出滑手機的模樣。「像這樣！」她們就全被迷倒了。

「說說看，」尊者握住他左邊大紅女孩的手，又牽起他右邊穿檸檬黃紗麗服的女孩的手，「妳們的影響力在這一億人身上都用來做什麼呢？」

「賣東西啊！」大紅女孩笑著回答，擺弄著她的手拿包，想炫耀包包上面某個知名奢侈品牌那個獨有的、互扣的黃金字母。

有位一身翠綠的女孩，她站在達賴喇嘛正前方凝視著他，彷彿她更清楚他的想法，好像兩人已有深刻的共識了。「我是幫女性朋友們找到她們的神聖性力，」她把一隻手放在心臟位置前，「以便吸引真愛來到她們的生命裡。」

這樣子披露私密之事會嚇到尊者？尊者倒也沒露出被嚇到的跡象。

他右手邊那位黃紗麗女孩堅決要說出自己的想法：「我要讓人們看到……」她提高聲音以便蓋過不斷高漲的嘈雜聲，「他們可以成為自己想成為的任何人！」

女孩們爭相吸引達賴喇嘛的注意，個個像青春期少女般吵鬧得很，而且當中的確有些是只有十來歲的。有的吹噓自己影響力有多大。有的在尋求忠告。還有的希望能與尊者合照，好跟她的幾百萬名粉絲分享——愈快愈好啦！吵鬧聲迅速高漲，一團亂中突然有人大喊道：「我們來問問他要怎麼把物質顯化出來！」就好像他本人根本不在場似的。

歡快的嗡嗡聲浪又湧動起來。接著，有一位頗強勢的年輕女子，她身上的衣服是閃爍飄逸的寶藍色，她用力把翠綠女孩推到一邊，走到尊者面前，誇張地把雙掌放在額頭上，深深地鞠了一躬。

「尊貴的閣下，請您教我們『吸引力法則』。」

尊者和藹親切又饒富興味地注視著她，這時，噪音稍微消退了些。

「吸引力法則？」

「您一定知道的啊！」其中一個女孩大喊。

「就是要怎樣做才能把東西顯化在你的生活裡，」寶藍女孩解釋道：「比如說，要說肯定句啦、讓宇宙開始工作啦、去創造豐盛啦。」

「哦，我明白了！」尊者輕聲笑著，並與陪同他的一位行政助理奧利弗交換了一個眼神。他倆有時會討論到，有些想發財的西方人會用奇怪的方式把東方思想包裝成「偽靈性商品」。

達賴喇嘛看著寶藍女孩那雙熾熱的眼睛，神色慈悲。

「我們佛教是說，**實相都是心念創造出來的**。」

「對，對！」她熱切地點著頭。

「此刻我們對事物有怎樣的體驗，是因應我們的心念而生的，」他看著這些年輕女孩們專注的臉龐，「而我們每一個人所體驗到的實相，多多少少都有一點不一樣。」

「那要怎麼做才能體驗到擁有一副全新鑲鑽的太陽眼鏡這種實相呢……」大紅女孩接著說出某個設計師品牌，又說：「真的很難買到耶！」

「擁有完美男友也很難啊！」翠綠女孩助推了一把。

「或者像您這樣有一千萬人追蹤？」黃紗麗女孩也想知道。

達賴喇嘛凝視著她們表情生動的紅潤臉蛋，額頭皺了起來。「這種唯物主義的方法就是，」他點點頭，「試圖改變妳們認為完全存在於外在世界的事物。這樣子會有很多問題。例如，為什麼妳經常都得延後享樂？」

此一提問令這群芳齡不到三十的印度網紅大吃一驚。她們盯著他看，眼神中有滿滿的錯愕。延後享樂絕對是她們最不想碰到的一件事。

「比如說，如果我們快不快樂是要看能否買下全新的鑲鑽太陽眼鏡，」他笑著說，「或有個完美男友，」他的目光從大紅女孩轉移到翠綠女孩，「或有一千萬人追蹤，」他對著黃紗麗女孩點頭。「在那一刻來臨之前，我們要做什麼？**如果我們一直渴望尚未能擁有的物質，那麼，快樂將永遠與我們有一段距離**。可能是在下一座山的山頂。那為什麼不許願就在此時此地擁有快樂呢？不需要去渴求其他東西。像我一樣快樂？」

一如既往，尊者講話時不僅僅是透過言語進行交流，他也傳遞了這些語義的感受——必定蘊含的重大意義。他的受眾都非常著迷。

「而且，」尊者伸出食指強調，「新太陽眼鏡能讓我們快樂多久？新伴侶呢？一千萬人追蹤呢？有幾星期嗎？或許有幾個月？然後呢，」他對著翠綠女孩笑道：「然後，蜜月期就過了！也許其他設計師會出更新款的太陽眼鏡，舊款的就過時了？」

尊者的聽眾內心發生了一點變化。就好像他說出來的這個真相，她們早就經驗過了，卻一直沒辦法——或者不願意去面對。才短短幾句話，就悄悄地拆除了她們從未質疑過的現實根基。所有的咯咯笑聲和虛張聲勢，全都消失了，包括招搖的行為、做作的姿態。現在的她們只是一群年輕女孩，而且心態已轉為開放卻不造作了，都在專心聆聽他講的每一個字。

「影響力就是力量，」他繼續說道，神情體貼關注。「使用力量時如果不謹慎，就會非常危險。比如說，炫耀自己擁有的東西，可能會引起別人嫉妒。」他刻意避免去看某個特定的人。「如果追蹤者覺得自己沒我們那麼幸運，那我們可能會害他們痛苦。這樣就不恰當了，這樣就跟幸福的真實原因相反了；幸福的真實原因是給予他人幸福。未來會承受同樣痛苦的，也是這樣的業因。」

有些女孩看著地面，有些則眼眶泛淚。然而，黃紗麗女孩不輕易動搖。她問：「您是說我們應該放棄希望和夢想嗎？」因為她帶有情緒，所以聲音是有點哽住的。

「啊，不是的，」達賴喇嘛轉身面向她，果斷地搖搖頭，「我說的不是這樣。世間的名利與志向是一種動力，特別是在妳年輕時是有用的。但是，我們必須看見它們的本質。當我們能夠擁有時，享受物質上的快樂是很棒的，」他哈哈大笑，對著那輛粉紅色的移動工具點點頭說：「但最終，這類物品並不是那麼重要、那麼有意義。」他聳聳肩，對世間物質的「不執著」有如吹過前庭的山間微風那樣地具體有感。他說的話也同樣是不證自明的。他說：「最好是在其他方面也懷有抱負。」

因為這些觀念的轉變太有挑戰性了，女孩們開始互相依偎著，尋求彼此的慰藉；但其實這教導的傳遞是這麼地溫柔，所講到的後果也是這麼地不容否認。翠綠女孩和寶藍女孩都低下了頭，她們四目相對，為對方伸出了雙手。其他人也都這樣做，沒人引導她們，完全是自發性的。接下來好一會兒，她們便手牽手圍成一個圈，連結彼此——也與尊者連結。

「我們應該要有什麼樣的抱負呢？」大紅女孩問道。

達賴喇嘛微笑，「我們都應該希望、非常渴望，涵養自己的心靈與思想。」他說這些話時煥發著容光，讓她們都抬起頭來，一個個地，每一個人都再次與他的目光交接。

「看到一切眾生確實是和我們一樣的，都希望得到幸福，都想避免痛苦，那麼，我們的慈悲心就會自然升起。有時候，」他的頭側向一邊思索著，「**當我們敞開心扉時，最棒的驚喜就會到**

來。」

尊者的話引起了我的共鳴，我決定好了，我的時候到了。

我從他身後幾名比丘的小腿之間溜過，走到他的腳邊蹭來蹭去，然後在女孩圈的中央站好，並抬頭仰望她們。

「是達賴喇嘛的貓！」有好幾人讚歎不已。

「是真的有她的存在！」

「簡直美呆了！」

看著她們青春洋溢、嘖嘖稱奇的臉龐，我體認到，無論她們因「印度三十歲以下十大網紅」這稱號得過什麼名利，也無論見識過多少驚人的豪奢排場，那些東西沒有一樣能比得上此時此地這單純的一刻，站在尊勝寺前庭與達賴喇嘛同在，也與達賴喇嘛的貓同在。

圓圈的另一頭，寶藍女孩有問題要問。「如果吸引力法則不是用來獲得物質或人脈，那是要吸引什麼啊？」

尊者點點頭，「是要吸引『讓我們轉化』所需的內在品質。好比說，平等心、真正有愛的慈心、智慧等美德。如果可以正確地訓練心念，那麼，我們就能夠丟掉一些常見的渺小觀點，比如說，以為自己只是一副骨架撐起的皮囊，或者總是對這個或那個飢渴；也能夠開始覺察到，我們真正的天命，其實是成為完全開悟的人。」

女孩們盯著尊者看，全都目瞪口呆。全都被他的看法震撼了。

然而，同一時間，或許是因為有他的存在，她們的另一種理想版本——「覺醒的菩薩」——好像不僅僅是只能嚮往而已，現在也變成是可實現的了。

「那要怎麼開始呢？」大紅女孩懇切地問道。

「佛教有什麼祕訣嗎？」寶藍女孩也想知道。

「開始的時候，」達賴喇嘛說得清清楚楚：「妳會很強烈地想擺脫一直持續的不滿足感；同時，也會認清世俗活動都有其局限性。這時，在這樣的基礎上，」他看向寶藍女孩又說：「我們練習『菩提心』和『空性』。把這些修行都修圓滿了，功課就做好了。」

他話中的真理有如電流般在女孩圈裡湧動著，照亮了也包容了一切。有一會兒，他啟發人心的力量引領她們進入一種超然狀態，這與他們所在的前庭、寺院和高聳的遠山——甚至也與鄰近那輛豔麗粉紅豪車都同樣地，真實不虛。

我把前爪伸到身體前方，以華麗的拜日式開展全身。想來我年事已高，此刻所做的這個版本與我的年輕版相比，真的有比較多的嘎吱聲。也因為我的生活愈來愈常久坐，當我伸出四爪開始伸展時，爪子看起來也變得更長、更具體真實了。

「爪！」寶藍女孩驚呼。

「是吸引力『爪』則！」黃紗麗女孩附和道，大家頓時哈哈大笑起來。

「永遠別忘記這個教導，」尊者的目光明亮有神，「關於吸引力『爪』則的教導！」

保鑣們大步向前擋在他和年輕女孩們之間，熟練而平順地分開了他們的手，並引領達賴喇嘛前往他的下一個行程。

「剛剛那是……」尊者走後不久，大紅女孩搖搖頭說：「不知道說什麼了。」

「我不會和以前一樣了！」翠綠女孩的情感盈滿。她們就這樣異常沉默地站了很長一段時間，想要弄清楚剛才發生的事情。然後，我伸了個懶腰，便追隨尊者的腳步而去。

我走的時候，聽見黃紗麗女孩懊惱大叫道：「我們都忘記要自拍了啦！」

第一章　花園裡的考古大發現

「透過做飯，願一切眾生都有美味的食物。願他們的日常需求得到滿足。願他們遠離痛苦。」永遠別忘了這個特殊配料。她以前那些強烈的負面情緒，好像都已經轉變為正面，有時候，慈悲心的能量會自然填滿她內心，就好像以前她總是會強烈表現出不滿那般地自然而然。

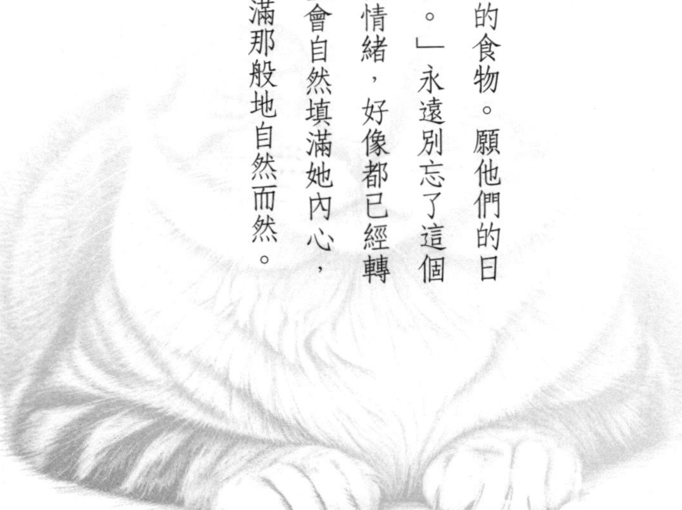

一說起吃的呀，有什麼會比「新奇」更叫我們貓族歡喜呢！從某人碗裡意外舀起來的一口食物所散發的誘人香氣；或是咀嚼風味絕佳的新菜色時，在齒間迸發的奇妙滋味。

某天早上，尊者外出參訪色拉寺，丹增便前來侍餐。他從背包裡拿出了一款我前所未見的貓糧品牌。罐頭的內容物才剛倒進碟子裡，一股強烈的魚蝦腥味就馬上弄得整個房間都是。

「尊者貓，準備好囉。」丹增呼喚我的時候，總是有點正式的感覺，他會用我在正式場合才使用，英文名號的第一個字母縮寫來稱呼我，尊者貓（HHC）是尊者的貓（His Holiness's Cat）的簡稱。

他把碟子放在我面前的地板，但臉部卻閃現一個表情，那是在如此專業的外交官臉上極為少見的表情。他甚至想都沒想要掩飾他的噁心感。要是我能說話，我可能會轉告他達賴喇嘛經常提醒我們的一件事。那就是：**就事物本身而言，事物的本質並不會讓人愉快或不愉快；而你會喜歡它或討厭它，那只是你的業力在驅使你那樣去看待罷了。**

然而，要是我能說話——就算我這一輩子果真擁有這樣唯一一次的說話機會——那我還是不會去說的。因為啊，碟子才一下地，我臉就埋進去了，一邊狂吸那股有異於平常的芳醇，一邊開始嘖嘖有聲地大嚼著這塞得滿滿的第一大口。

「鱈魚、比目魚和蝦子雜燴，」丹增在我頭頂上方大聲唸著包裝紙上的文字，「並以層次豐富的鹹味醬汁來呈現。」

他到底為什麼會對這個感興趣，我不知道，也不關心。我一心一意全放在這口感絕佳、汁液潤澤的食物上。

自從我還是隻小小貓，第一次來到達蘭薩拉，我就一直對食物重度痴迷。有一個人比誰都能了解我這份渴望。那天早上，我在房裡打瞌睡，達賴喇嘛不在家，感覺空虛又淒涼，思緒便很自然地轉到她身上。也想到她曾經不停地送到我面前的點心和小吃。還有總是熱情洋溢地歡迎我。是時候了，該去拜訪尊者的貴賓主廚春喜夫人了，不是嗎？

直到最近，我才有機會去拜訪她——之前她住得太遠了。踏出尊勝寺大門時，我在想，正是那個有點意外、又討我歡心的新發現，這才把我的頭號粉絲給圈回了我的管轄範圍。春喜夫人的女兒瑟琳娜與她的丈夫席德就住在不遠處的塔拉弦月路二十一號。他們家就沿著尊勝寺前面這條路一直走下去，是一處占地寬廣、有高塔的平房，白色外牆，建物的四周有寬敞的環繞式陽台。它最顯著的特點是：有一座帶城垛的塔樓，約兩層樓高，上面還爬滿了常春藤。塔樓樓頂有一個四面都是大觀景窗的空間，我在那個觀景室裡度過好幾個夜晚。欣賞壯麗景色時，也與太陽、月亮和建物後方終年積雪的喜馬拉雅山群峰，融為一體。

席德和瑟琳娜住那裡的時候，已經對這個家多次進行翻修，然後他們的第一個孩子瑞希出生，這都快三年前的事了。這塊地這麼大，它的階梯式草坪一路延伸到很遠的松樹林，因此，他們一直都在開發這處房產的新面貌。

去年夏天某日下午，又有這樣一個出乎意料的發現。瑟琳娜先前就想帶瑞希去一個沒去過的地點野餐，於是，便來到大花園最遠的那邊。一大片一大片深紅和紫色的九重葛灌木叢是花園邊界的標誌；這裡是階梯式草坪的盡頭，也是松樹林的入口。不管怎麼說，看起來大概是這樣。

然後，席德從家裡走出來與他們會合。他才剛坐下，就接到了一通生意上的電話。起身接電話時，他繞到那一大片令人眼花撩亂的九重葛樹叢後方。就在這時，他注意到了某物。所以，一掛斷電話，就催促瑟琳娜快過去看看。不一會兒，她也走到這一大片野花蔓生的後方。眼前的一片平地是最近才翻土過的。盡頭處，二十公尺外，在森林地入口之前，有一棵雄偉而奇特的樹獨自矗立著。

「是義大利傘松！」瑟琳娜眼睛亮了起來，「就像拉維洛（Ravello）那樣的！」春喜夫人經常說她退休後要回拉維洛，就在她心愛的阿瑪菲海岸（Amalfi Coast）那裡的山上。這個夢想當然是異想天開，她和女兒在麥羅甘吉（McLeod Ganj）的生活早已扎根很深了，根本不會認真考慮這樣的改變。

然而，在懷舊思鄉時，尤其是當她喝著奇揚地（Chianti 紅葡萄酒）或維蒙蒂諾（Vermentino 白葡萄酒）的時候，她的黑色睫毛就會顫巍巍地闔上，然後開始描述她童年的美好時光：鈷藍色的地中海廣闊、平靜、逕向無邊無際滾滾而去。

夏日向晚的慵懶金光，空氣中薰衣草濃香瀰漫，蟬鳴輪唱。有如海岸線哨兵的義大利傘松，凌空升騰，樹頂的巨大華蓋供人躲避熱浪和風雨，而它們的枝條總在低聲訴說著遠古的祕密。

如果瑟琳娜提議「她在麥羅甘吉退休就好」的措辭上，稍稍有那麼一點強硬，她就會哀嚎：

「可是，我好愛我的樹喔！」

「那我的樹怎麼辦？」若有人說她對故鄉的留戀只是感情用事，她就會用這句話堵住對方的嘴。

這裡所講的樹專指義大利傘松，學名 pinus pinea，是她從小就有著濃厚興趣的樹種。而現在，竟有一棵那麼壯觀、高聳又獨特的傘松在麥羅甘吉這裡意外地現身了。

席德告訴瑟琳娜說，他最近要園丁將九重葛後方那片已經扎根的茂密植被處理掉。清理完後，除了有說不完的好處之外，最先看到的部分就是這棵樹了。瑟琳娜著了迷似地直直走過去，然後轉身看著席德。就在這時，她的臉上出現清新明亮的神采。

「你知道這是什麼嗎？」她有點興奮地問道。

「什麼？」

「過來這邊看看！」

席德走到她身旁，轉身面向九重葛。他和瑟琳娜一樣，都注意到了從另一邊看來並不明顯的對稱性。新翻過的土地兩側有高高的、連綿的杜鵑花叢。些許的砂岩顯示出這裡曾經是花壇的邊界。近處則是一塊鋪砌過的東西，上頭蓋滿了落葉。還有個長滿青苔的凹處。

「這裡以前是一座花園！」瑟琳娜猜想。

席德吃了一驚，向九重葛堆大步走去。他蹲下身子，撥開帶刺的枝條湊近過去，並往灌木叢裡窺探。「如果沒記錯的話，」他轉身對她說：「這個瓦礫堆以前是一座小屋。小小的，只有兩房。」

她和他一起把連串的花叢撥到一旁，以便看到更深處。沒多久，他們找到了一面殘存的牆壁。

「這裡可以再蓋一個可愛的小屋喔！」席德沉思道：「我們這花園的規模已經有了。還有松樹，像在拉維洛一樣的松樹。」

「你和我是在想同樣的事嗎？」瑟琳娜目光炯炯有神。

「怎能不和妳想一樣的呢？」席德聳聳肩，曾經是土邦大君的他自帶一股謎樣神態。「一切都是冥冥中自有安排的。」

瑟琳娜和席德發現此處後，一天之內，春喜夫人便親自前來探訪這座重新發現的花園。她壯起膽兒走到九重葛叢後面，察看著成熟的杜鵑花剛剛劃出來的新邊界。其中最棒的是，這棵高貴的義大利傘松讓她讚歎不已。她一靠近樹身，淚水便奪眶而出，彷彿看到一位她深愛、思念的好友，在數十年後終於重逢。她用雙臂摟住樹身，就這樣抱著好久好久，好像跟一個老鄉心意相通一般；他們同樣都在這個喜馬拉雅山的村子裡落腳多年，也都離家鄉很遠。

那時，他們當場就做出了決定。不到幾週，春喜夫人的新屋計畫就得到了贊同和認可，也找好了工程承包商。因為這個計畫不大，也因為席德人脈廣，沒過多久，新家就蓋好了。小巧樸素，是根據女主人的要求設計的。開放式的起居空間和廚房通往客廳，然後是陽台，全部都面向剛鋪好的翠綠草坪。遠遠另一端的牆面中央有一個重要擺設，直立高聳，毫無疑問是地中海風格的，那是她新家的守護神。

至於我的部分，我一直在密切關注這裡的進度。通常在黃昏時分會來工地考察，因為那時候就沒有施工噪音了，還可以聞一聞各種建材怪異又刺鼻的氣味。必要時也有大量的沙堆可以利用。幾週以來，我看著工人挖地基，在平地上砌出了牆壁，接著又出現椽子和屋頂。

我好奇心最重的時候其實是春喜夫人搬進來之後。才一個週末，突然間就有一整個家的全新家具供我探索。而且，因為春喜夫人是繼達賴喇嘛本人之後，我的第二大恩人，她經常喚我為「有史以來最美生物」，所以，我在她家到處探索，那是絕對沒問題的。

那次特別的拜訪是在下午時分。我像往常一樣朝著房子側邊走去，然後從客廳通往陽台的滑動門走進去。春喜夫人會讓門開著，這樣子，空氣才能循環。

「噢，特索麗娜（tesorina，義大利文「小寶貝」的意思）！我的小寶貝兒！妳也來喝茶嗎？」春喜夫人穿著圍裙，正在光可鑑人的廚房長椅後方做著她最擅長的事情——準備做一份放縱味蕾的美味點心。

我喵喵叫了起來。茶會什麼的我是沒概念啦，但是從烤箱裡散發出來的烘烤香氣鐵定值得期待。每次春喜夫人招待她親朋好友時，一定也有我的份。

我走向離廚房最近的沙發，跳上座位，再跳上沙發扶手，最後回到我可以安坐的地方，看著她施展魔法。從她臉龐掠過的黑髮盤成髮髻，一有動作，右臂上的金手鐲便發出清脆的碰撞聲。她沉浸在自己正在做的事情當中。

我這一生經常觀察春喜夫人，而且大多是當她在尊勝寺的廚房，為達賴喇嘛的貴賓準備餐點的時候。早期的她常有很戲劇化的表現，在某些場合甚至會像火山爆發一樣恐怖。在我還是隻小奶貓時，她與達賴喇嘛的某次談話發揮了重大影響。尊者與幾位聯合國代表共進了最圓滿的午餐之後，邀請春喜夫人上樓，可是她好像有些不對勁，甚至不願意接受尊者的謝意。尊者提到她的工作時用了「慈愛」這個詞，她甚至表示反對。

「尊者，但願我真的有慈愛！」她打斷了他。

達賴喇嘛注視著她——有些驚訝，也有些慈悲。他舉起雙手，請她繼續說下去。

「我聽過您的教誨，也讀過一些佛法書籍。關於無限利他的心，說法有很多。但我不能說謊，我的心不是這樣的。如果是，那就好了！」她那塗著黑色睫毛膏的雙眼，睜得大大地盯著尊者，卻很悲傷。「我靠我自己活著。我沒有在助人。我想的主要都是我自己。一整天都是這樣的！」

「可是妳在這裡工作，」達賴喇嘛反駁道，「而且是自願的。」

她聳聳肩。

「妳帶給我的客人們很大的快樂。當然啦，」他揉揉肚子，調皮笑說：「我也很快樂！」

春喜夫人的心理很矛盾，她說：「有時候，或許只是您人好。只是出於禮貌。」

「但是，這位不一樣喔！」尊者用手勢示意我所在之處；那時我正趴在窗台上，旁邊有個小烤盤，正聽著他們這次談話。尊者笑著補充道：「她可不會假裝。」

春喜夫人的表情變得輕鬆起來。「這倒是真的。」她說。

尊者仔細地看了她一會兒，然後輕聲問道：「妳不認為妳所做的事是在修慈愛的心嗎？」

她搖搖頭。

「連在為我們做飯的時候也沒有嗎？」

「我太忙了，沒辦法集中注意力。」她回答。

停頓了許久之後，尊者才再次開口。「既然如此，我有一個正式的請求，」他說，目光突然變得十分嚴肅。「從現在開始，我希望妳做每頓飯時都添加一種特殊食材。」春喜夫人的表情也變得嚴肅起來。

「菩提心，」他說，「妳知道嗎？」

她引述了定義上的說法：「為了利益一切眾生而想獲得開悟的願望。」

尊者點了點頭。「透過做飯，」他模仿攪拌湯鍋的樣子，「願一切眾生都有美味的食物。願他們的日常需求得到滿足。願他們遠離痛苦。」他提議道。

「做主菜的時候？」她問。

「每一道都要，」尊者回答。「廚房裡的每一個動作；在廚房外也是，愈多愈好。每次思考的時候，就憶念菩提心。希望獲得開悟，也希望別人擺脫痛苦。」

春喜夫人臉上閃過一絲猶豫，似乎想說些什麼，卻又改變主意。

「怎麼了？」尊者看著她的眼睛。

「有菩提心是很好啦，」過了一會兒她坦承說：「但只是希望要怎樣，還是沒有實現啊！」

尊者的眼神稍微黯淡下來。「這會改變妳大腦裡面的東西。妳剛剛說，妳只想著自己？這可不是幸福的成因。然而，妳想著要用善意幫助別人的時候，那會怎樣？」

她不用回答，臉上恍然一笑已經說明。

「如果妳訓練自己持續這樣去想事情，那會怎樣？」

「我猜啊，那會成為你的一部分。」

「它會改變妳的為人，對嗎？首先是有幫助別人的想法，再來就是行動。」達賴喇嘛微笑著，伸手去握住她的手。「永遠別忘了這個特殊配料。」

自那時起，春喜夫人在廚房的時候大多都憶念著菩提心。她把這個特殊配料添加到她為尊者和貴賓所烹製的每一頓飯菜裡；添到她為寺裡人員所烘烤的每一袋司康裡；也添到她送到樓上行政助理辦公室的茶壺裡；或她工作或居家時，為瑟琳娜和她自己所調製的飲品裡。

幾年下來，她早已不是那個華格納歌劇版本的春喜夫人了。她以前那些強烈的負面情緒，好像都已經轉變為正面，有時候，慈悲心的能量會自然填滿她內心，就好像以前她總是會強烈表現出不滿那般地自然而然。

我在沙發高處暫歇，發出輕柔的咕嚕聲，看得出來她此刻正在添加特殊配料。她正把麵團從大碗移至烤盤，嘴脣微微嚅動著，臉上浮現出一種特殊神情。

正如尊者所說，菩提心不僅僅成了她的本能。她開始用這種慈悲心在關注、留意著她周圍的人，所以有好幾次，她的存在似乎在她周遭瀰漫出仁慈的光輝，與達賴喇嘛本人並無太大區別。她永遠都是春喜夫人沒錯——有好幾個手鐲叮叮噹噹、言行誇張卻又真情流露。但除此之外，她已經培養出一顆開放的心、熱情又慷慨，能把人們都吸引到她身邊來，就好像在她新發現的花園裡面那一整排怒放的杜鵑，蜜蜂群卻只停歇在其中一處特別茂盛的花叢那般。

親愛的讀者，我不能主張說那天下午的考古大發現全部都是我的功勞。我也不能說，在那座一應俱全、但被埋沒很久的花園裡探索時，就是我……本貓……穿越了地圖未曾標示的矮樹叢，這才有了最厲害的考古大發現。事情的經過是這樣的。

下午四點整，前門響起了敲門聲。春喜太太打開門，迎接她的第一組客人——瑟琳娜、席德和小瑞希。瑞希一看見我就高興地尖叫。他衝過客廳朝我的方向撲來，臉都漲紅了。

他的能量裡有個東西震動了我的身體。在度過了一個慵懶的下午後，我發現自己突然變得活潑起來。我沒等瑞希就跳了起來，急急忙忙跑到外面去。瑞希咯咯笑起來，這場遊戲讓他很開心。他不顧媽媽警告說不要跑那麼快，他追著我跑，穿過陽台，來到這片新鋪的草坪。

我從花園朝那棵樹的方向奔跑。他張開雙臂跟在後面，我也興沖沖地跑成曲折的路線。他繼續追著我跑。我們跑到了草坪的盡頭。然後，我在花園遠端一角的龜背芋的大綠葉下面跑來跑去。瑞希跌個四腳朝天。就在他準備要繼續追時，他媽媽想到別的事。

「瑞希，不要！」她大喊。席德大步跨過草坪。

「不要到花壇裡面！」

瑞希聽出她話裡的怒氣，停下了腳步。

正當我要冒險走進黑暗時，瑞希正好撥開樹葉。而席德也正好趕到，把他抓起來。瑞希仍緊抓著一片葉子不放。在他被抱起來時，就好像拉開了窗簾一樣——我所在之處的的漆黑暗影頓時灑進一道燦爛陽光。就在那一瞬間，有某種銀器的反光映入我的眼簾。

那東西離我只有幾公尺遠。瑞希放開葉子後，這裡恢復黑暗，但我還是一直凝視著那一處。真的有什麼東西嗎？或只是光影變化呢？我朝著它出現之處走去，用爪子刨地。

地上滿是枯葉和腐爛的松果、空的蝸牛殼、蜘蛛網和花園灌木叢的殘枝。我放低頭部，張開嘴以捕捉樹脂的每一種細微氣味。我在地面磨蹭時，爪子碰到了某種金屬製品。大約有手機那麼大，灰灰的，很模糊、很輕，因為我一碰就能輕鬆移動它。我正在嗅聞它時，瑟琳娜撥開了大葉片。

「仁波切！」她看到我之前，就已經喊出聲了。然後，她聲調轉為好奇，「仁波切？」她看到我用爪子在扒那東西時，它又開始放光了。「妳找到什麼啦？」

我抬起頭，喵了一聲。

她緩步靠近，把手伸進樹葉堆裡。

「她找到這個！」她向站在陽台上的其他人喊道。她把這東西用兩手捧著，拍掉黏在上面的腐爛物質。「有刻字呢！」她轉身回到草坪時好像在想什麼。「是個牌子。」她走出灌木叢，我跟上她。席德正在用玩具火車分散瑞希的注意力。瑟琳娜和春喜夫人一起仔細審視那上頭的字跡。

「是義大利文！」春喜夫人大叫一聲。「妳看，la gatta prediletta——最愛的貓咪！」

「Requiescat in pace——願她安息，」瑟琳娜唸了出來說：「是拉丁文。」

她們對望著彼此驚訝的眼神，接著，免不了地把目光轉向正朝著她們走去的我，很快地席德也走了過來。

「這裡躺著……的遺骸……」為回應他詢問的表情，瑟琳娜翻譯的速度慢了下來，一邊擦著金屬，一邊喬角度才能看清楚所刻的字跡。

「露娜。」春喜夫人先看清楚這個字。

「對，是露娜。」

「最愛的貓咪……」

「羅倫佐（Lorenzo）什麼的。」

「神父？」

春喜夫人又給她女兒一個震驚的表情：「神父？」

「羅倫佐神父。」瑟琳娜點點頭，接著又說：「安息。」

「日期呢？」席德問。

「一九五七年二月十四日。」

就在那時，春喜夫人出了點狀況，我從沒見過她那樣。真的是，我怎麼也無法想像她會那樣。

她雙手摀住心口，滿臉大驚的神色，瑟琳娜專注地凝視著她。

親愛的讀者，春喜夫人說不出話來了。瑟琳娜把媽媽抱進懷裡。她轉頭對席德說：「媽媽是那一年出生的。」

席德揚起眉毛。「同一年，」他說：「有位天主教神父在喜馬拉雅山這裡發現了這個小小的天堂，他和他心愛的貓咪就住在這裡……」

「還有那棵樹，」春喜夫人扶著瑟琳娜的肩膀說道。瑟琳娜鬆開了母親，微笑道：「對。還有那棵傘松，一定是他帶來的，因為思念家鄉。」春喜夫人兩眼晶亮，一邊想了解這件事，一邊輕輕搖頭。

「想一想，」瑟琳娜看看席德，又看看她媽媽。「我們搬到這裡時，什麼都不知道。」

「要不是尊者貓，」春喜夫人要說話時因情緒而哽咽著：「到現在也還是什麼都不知道啊！」

這幾個人類表情一致，都轉過頭來看著我，對我又愛又敬的模樣，讓我覺得事情大有可為，因為下午茶就快要上桌了呀——我這樣想，難道錯了嗎？

不久，又有兩位客人到來：桃樂絲．卡特萊特是春喜夫人的密友之一，她們年紀相近，是個典型的英國人；還有賓妮塔，她是瑟琳娜和席德的朋友，喪偶後在達蘭薩拉負責管理「須摩提水療中心」。優雅的賓妮塔年齡約四十出頭，皮膚光滑，五官很美，一身雅致的翠綠色紗麗，舉止儀態有如公主。

桃樂絲想要參觀新房子，春喜夫人很高興地領著她們到處看看。各個空間寬敞的比例和挑高的天花板、亮晶晶的全新浴室，體貼的照明和開窗，肯定溫馨舒適，四季皆宜。客人都讚歎不已。

「花園還沒真的開始弄啦，」春喜夫人領著客人來到陽台，「我親愛的席德幾個禮拜前才鋪好了這片美美的新草皮，」她伸手展示道。

「可是，有一棵很氣派的樹呢！」桃樂絲聽說過有關傘松的事。

「好特別唷！」賓妮塔也認同。「而且，在這裡有這樣的樹，真的很少見耶！」

他們默默站著，欣賞著覆蓋了半邊草坪的巨大樹冠。

「我覺得我們好像找到了一條線索。」瑟琳娜低聲說道。

桃樂絲和賓妮塔帶著探詢的神色，轉過身來。「就交給媽媽來說吧，」她微笑著。「這是她的故事。」

桃樂絲轉而面向春喜太太，「我很好奇是什麼事？」

「首先吶，」春喜夫人看向一旁陽台上的設施示意說：「先喝個茶吧！」

瑟琳娜推來手推車，上頭都是銀器，以及從主屋拿過來的「皇家道爾頓」（Royal Doulton）茶具。她倒茶時，大家愉快地閒聊，春喜夫人的客人邊逗著瑞希玩，邊聽席德解釋是怎樣的天時地利人和，新家才得以順利完工。

我跳到沙發上，落座於席德和瑟琳娜之間，還以為享用我的茶點只是時間問題。春喜夫人烤了一個華麗的西西里蘋果蛋糕，蛋糕底層是用澳洲青蘋果、葡萄乾、松子一起熬煮的醬，然後再加上香草卡士達醬一起烘製而成。每一個人都有一份蛋糕，還有一杯茶，我一直在等我的點心來。瑟琳娜就在我身旁，往後靠在沙發上。她在喝茶之前，本能地將左手無名指尖浸入茶水中，然後向四個主要方位分別輕輕地彈了一下。

賓妮塔坐在她對面，揚起了眉毛。「妳也是佛教徒嗎？」她問。

瑟琳娜點點頭。

桃樂絲轉向同為客人的賓妮塔，並解釋說：「親愛的，這是達賴喇嘛效應。」她解釋道：「如果妳在麥羅甘吉待得夠久，我們也會讓妳變成佛教徒喔！」

席德很快地插嘴道：「倒不是說妳一定得做佛教徒啦！尊者絕不會這麼說的。」席德比她們任何一人都更了解賓妮塔。

「確實如此，」春喜夫人加以肯定，同時看了他一眼才面向賓妮塔，「他總是說他的目的是促進幸福。所以，妳會成為一個更快樂的無神論者，或者天主教徒，無論你是什麼信仰都可以。你只要拿走有用的東西。」瑟琳娜點點頭。

「那，這個的話，」賓妮塔再次看著瑟琳娜，表情是有疑問的，但沒有不友善。她用手示意說：「妳覺得這……是有用的嗎？」

瑟琳娜沉思片刻。「好問題，」她回答。「事實上，我這樣做已經很久了，已經變成習慣了。而且，我希望，」她謙虛地聳聳肩，「我這個習慣會有用處。」她看著賓妮塔詢問的神色，「妳知道嗎，我這麼做的時候，」她輕輕一彈，「我是在許願，希望一切生命都能享受美味的食物和飲品。都能擁有世俗的幸福，還有至高的幸福。」

「這是把憶念擴展到更廣大的實相。」席德在座位上向前傾身。

意外地，我突然清楚回想起那天我是怎麼吃早餐的。丹增一將食物送上來，我就吃了。從來沒考慮過眾生的幸福，或希望他們也能享受美味佳餚。更不用說要我「憶念更廣大的實相」了。

「這樣的練習有很多種，」春喜夫人想要滿足賓妮塔的好奇心。「我們每一天都會盡量為別人的幸福設想。」

嗯，有些人會設想得多些，有些人少些，這也是挺惱人的。

桃樂絲全心大嚼時，打趣道：「即使是在烘烤最叫人垂涎的蛋糕時，妳也會這樣做嗎？」

「特別是在那種時候喔！如果妳像我一樣花很多時間做飯，我告訴妳，這樣做很有轉化力喔！這是達賴喇嘛自己跟我說的。」這回輪到桃樂絲揚起眉毛了。

「像今天，我做這顆蛋糕時，就在想那些失去生命的眾生，因為有他們，我們才有得吃。」

「一顆蛋糕？」桃樂絲吃了一驚。

「對啊，」春喜夫人點點頭，「開墾土地、種植作物時，有很多動物會失去家園或被殺死。他們或許很小，但是，他們也是有意識的。就像我們一樣，他們只是希望得到快樂、避免痛苦。農民種植作物時，必須保護自己的生計。所以會誘捕或毒害老鼠和兔子。他們會射殺鹿和其他動物——在澳洲甚至會射殺袋鼠。果農也會殺害鳥類。」

「後來，甚至還有用殺蟲劑殺死昆蟲的。」瑟琳娜表示同意。

席德點點頭。「如果他者沒有死去，我們就沒東西吃。除非你有自己的有機農場，可以絕對地控制一切。否則，即使是純素商店的食物——他們貨車的擋風玻璃上有多少蟲子被弄死呢？」

春喜夫人和她的客人們都默想著這件事，賓妮塔看起來很驚訝。過了一會兒，她說：「我從來沒聽過這種觀點。」她想了想，「但這有道理。」

瑟琳娜想起了她們一開始的話題，便回頭看著她。「如果以這種方式憶念別人，即使只是一瞬間，我們就會想到自己是相對比較有福氣的。無論我們遇到什麼問題，若拿自己的生活去比較……」

她沒有必要繼續說下去的。不久前，賓妮塔和她的女兒們在丈夫阿爾罕去世後，就一直活得很悲慘。那份記憶依然清晰，她不需要什麼提示就能想到，她自己和女兒們的命運發生了多麼戲劇化的改變。

「所以囉，」春喜夫人希望轉換一下心情，於是提醒這兩位年輕女士該吃東西了，「我們記得自己的好福氣。我們有享受美食的業報。我們有開悟的願望，這樣就可以幫助別人得到自由。」

瑟琳娜明白母親的用意，淺淺一笑。她拿起一把精緻的湯匙，正要把一口精緻閃亮的蛋糕送進嘴裡時，我真覺得有必要提醒她一下了。到底是要一隻貓多有耐性呢？我伸長了手，禮貌而堅定地戳她一下。

她迅速低頭看了一眼。「哦——尊者貓！」

「我們忙著幫助眾生，」坐在對面的春喜夫人疼惜地說：「卻忘了自己的寶貝兒！」

「媽，她還活得好好的啦！」瑟琳娜回應媽媽時的這種反應……我是覺得有一點無情啦！

但春喜夫人已起身來到推車旁，舀了一份蘋果卡士達奶油放到碟子上。瑟琳娜看著媽媽恭敬地把小碟放在我面前之後，她才再端起自己的盤子繼續品嘗。

當我正要全心全意細細品味這道美味的組合之際，我回想起瑟琳娜輕彈無名指的動作。要培養慈悲的願望。我怎會不想培養呢？每一天我都聽見、都看見達賴喇嘛一直在實踐。我自己內心是很清楚的。問題在於，要始終記得這件事！

人類一邊享受自己的食物，一邊寵溺地看著我。

過了一會，賓妮塔說：「妳能接受達賴喇嘛的親自教導，」她轉向春喜夫人，同時放下她的餐盤，「真的好有福氣喔！」

「哎，對呀，我也不知道我為什麼可以這樣。」

「也許這不是妳第一次修練菩提心？」席德試問道。

「菩提心？」賓妮塔追問。

「為了一切眾生而得到開悟的願望。」瑟琳娜說。

我吃完自己的那份後，從小碟子抬起頭，坐直了身子。正要舔手，準備快快洗把臉時，我改變了主意。我開始覺得身體有點哪裡怪怪的。

「達賴喇嘛告訴我，每一次備餐時都要添加這個特殊配料，」春喜夫人確認道：「我做什麼都會添加這個配料。我覺得味道真的有變得更好吃耶！」

春喜夫人的評價完全正確。事實證明，精準得嚇死人。她給的食物太好吃了，總讓我事後才驚覺自己吃太快。而且沒過多久——親愛的讀者，要承認此事讓我很痛苦，但我也沒辦法假裝沒這回事——那就是，我無法不打個飽嗝；而且，那打嗝的聲勢甚至會讓本貓我也嚇好大一跳。

人類先是一愣，隨即都哈哈大笑起來。

「尊者貓！」瑟琳娜的語氣是責罵，可同時臉帶微笑。

「仁波切！」桃樂絲大叫。

瑞希也開心地咯咯笑。

過了一會兒，笑鬧聲漸歇，我就繼續辦我的洗臉正事，這時席德很挺我，他指出：「妳們知道嗎，在某些文化中，餐後打嗝是在有禮貌地表示感謝。」

又是一陣哈哈大笑。可是他接下來就沒那麼挺我了，他說：「只不過，在我們的文化不是這樣。」

救贖及時降臨。怎可能沒救贖呢？談話主題免不了地轉向那天中午由我領銜主演的考古大發現。瑟琳娜去了洗衣間，不久後拿著那塊金屬牌回來，洗過擦乾後，透著某種古文物的味道。

瑟琳娜把我怎麼發現它的事重講一遍，好讓桃樂絲和賓妮塔了解。春喜夫人用她如歌般的義大利腔朗讀上面刻的字：「Qui giacciono le spoglie mortali di Luna, la gatta prediletta di Padre Lorenzo.」接著翻譯說：「羅倫佐神父最喜愛的貓露娜在這裡安息。」

桃樂絲的眼神突然有異。

「怎麼啦？」春喜夫人想弄個明白。

「我突然想起有一位義大利來的、住在山裡的天主教神父，」她眼珠子向上轉著，「很久以前的事了。怕是記不清楚了……」

「是嗎？」春喜夫人知道這事不僅僅是這樣。

「嗯，這件事嘛，不知道耶，我不太想說。」桃樂絲看起來有點煩惱，她環顧周圍那些目光全都集中在她身上的渴望表情。

「是有什麼……故事嗎？」瑟琳娜追問。

「有的。是有個故事，」桃樂絲看來鬆了一口氣，「我不想用『醜聞』一詞，因為我覺得還稱不上那麼嚴重。更何況那是八十年前被認為是『醜聞』的事……」大家都點點頭。

「我可以查一查。」她說。

春喜夫人伸手抓著她的手臂，有懇求的意味。

「當然查得出來，」桃樂絲點點頭，看向那棵樹時說：「再怎麼說，就是他從義大利帶來了妳心愛的松樹，這是滿肯定的。」

春喜夫人表示同意，「也是他讓我終於看清楚自己真正的歸屬。」大家都在思考這一連串事件最奇怪的部分時，賓妮塔問：「妳們相信這是因果報應嗎？我的意思是，這麼奇特的巧合？」

「對於佛教徒來說，」席德解釋說，「沒有什麼事情是偶然的。你可以稱之為『業力』。但不是像命運，也不像是阿拉的意志那樣的——嗯，並不是一定會發生。」

「這麼說起來，」賓妮塔再次看向春喜夫人，想與她確認：「是妳創造的業力讓這一切發生的嗎？」

「大多數的業力是來自於前世，」春喜夫人告訴她，「那時我們創造了因，所以才有現在所經歷的一切。然而，是我們在今生創造的各種情境，才讓過去的業力得以萌芽。如果沒有這些情境，無論是善報或惡報，業力的種子是永遠不會結果的。」

賓妮塔很快便理解了這番解釋。她心眼雪亮，顯然正逐漸領悟到了什麼，並希望得到確認。「透過這樣做，」她學瑟琳娜彈動無名指說道：「並記住菩提心，就能創造因緣，讓很棒的事情發生？」

「親愛的，」春喜太太伸出雙手，握住賓妮塔的手，就像她以前看過達賴喇嘛做過千百遍的那樣。

「還會有更棒的。把這些練習牢記在心，妳就會一點一滴地改變了。會開始用新思惟看待這個世界。到那時，妳就會領悟到這世界上的神奇力量，超乎妳所能想像。」

第二章　貓罐頭只是一個標籤

我們身為人類，是有機會掌握這些習性的。可以消除負面習性，培育幸福的因緣，讓我們未來的真實體驗不只是正面而已，也可以是非凡的。說我們不能完全擺脫所有限制，不能常住於不斷增長的幸福狀態，那是沒道理的。

親愛的讀者，想像一下這個場景——飽含水氣的雲朵自山頂盤旋而下，一整個下午就陷進了不祥的陰霾中。「喜馬拉雅．書．咖啡」外頭，雷霆咆哮彷若神靈大怒，憤怒的能量化為一道道閃電在達蘭薩拉到處釋放；但是，店裡面燈光溫馨又舒適，是個待人親切的庇護所。

餐廳區已經有半滿的食客，他們很樂意吃個甜點或喝個咖啡來消磨時間，等待暴風雨過去。步上幾階樓梯的後方是書店區，遊客三三兩兩坐在椅子或斜躺沙發上，在復古燈具柔和的光照下全神貫注地閱讀。我通常會在雜誌架頂層呈大字形隨意躺臥，享受著餐後的午寐時光。但是今天這裡卻出現了一道最有能量的光，將我提拉上來。

這一道溫暖的光，不是從精緻的錦緞唐卡上方的牆面掛燈而來，雖然那斜射的角度似乎讓諸佛散發出祂們的光燦色調；也不是從沿著窗台的一整排黃銅燈那迷死人的暖光而來，雖然它們誘惑著遊客來到這個東西方文化薈萃之地。都不是這些。所有的光照之中最為暖心的是，瑜伽士塔欽那活生生、呼吸起伏著，還經常咯咯笑的形相。

瑜伽士塔欽不是僧侶，但他被尊為禪修者、成就者（siddha），也是啟發人心的導師。大家都稱他為仁波切——這個藏語頭銜的意思是「珍寶」——他的棕色眼睛最是溫暖，他的臉永不顯老，他的灰色頰鬚和山羊鬍，讓他的外表就是典型西藏聖人的模樣。最重要的是，你首先會注意到的是他發亮的輕鬆感、愉悅感。儘管你能看見他、觸碰他，但是他的存在比較像是在精微能量上的，不是物理上的。這種感覺雖然說不清楚，卻很強烈，彷彿他根本就不在那裡似的。

他和瑟琳娜緊跟在我身後抵達，接著天氣突然間轉陰——才一小時前，還是個美好的早晨吶。他倆在一張長椅坐下，幾分鐘後，這裡的老闆法郎也過來和他們一起。他的法國鬥牛犬馬塞爾很快就從接待櫃檯下的籃子裡跑出來，蜷伏在他腳邊。我呢，也用自己的步調，受瑜伽士塔欽磁鐵般的吸引力而靠近。

那天的主菜——超正點的辣味馬賽魚湯——令我不停吮指回味，而把那碟子舔了個精光。然後，我走向長椅，向上跳到瑟琳娜身邊。

柔軟敏捷的瑜伽老師海蒂，同時也是「須摩提水療中心」的經理之一，剛好跑來探視她男朋友里卡多，他在這裡當咖啡師，此時正準備下班。海蒂見瑟琳娜朝她揮手，便走向他們那桌。她把雙手放在胸前，對瑜伽士塔欽鞠躬致意，然後就在法郎身旁的長椅坐下。「本來就想說會在哪兒碰到妳的，」她看了瑟琳娜一眼，接著打開手提包，「我清理新家廚房的櫥櫃時，看到這個。就拿來給尊者貓。」她把一個小罐頭放在桌上，湛藍眼眸笑盈盈地望著我。

「新家？」瑟琳娜問。

「里卡多和我要住一起了。」她眼睛閃閃發亮，朝著正在脫圍裙的哥倫比亞籍英俊男友看了一眼。

「恭喜妳！」瑜伽士塔欽燦然一笑。

「妳一定很開心喔！」瑟琳娜微笑，同時伸手去拿那個小罐子。她檢查了上頭的標籤後，也拿給我瞧了瞧。「小公主，」她念出品牌名稱，「我想妳以前沒吃過這個牌子的。」

「丟掉的話好像很可惜，」海蒂聳聳肩說：「特別是，我認識的小公主可能會喜歡。」

「完全正確。」瑟琳娜同意道，邊說邊把罐頭放在白色桌布上，一旁有個黃銅花瓶單插著一朵紅玫瑰。

「非常感謝（Danke schön，德文）。」

沒多久，里卡多就溜到海蒂身邊，並向瑜伽士塔欽恭敬地點頭致意。他三十幾歲，一雙黑眼睛清澈明亮，雙頰有留短髯。他拉丁裔的陽性有對應到她條頓族的陰性。他倆充滿愛意，相依相偎時，山姆正丟下櫃檯的助手菲洛梅娜，從書店區走過來。他臉色蒼白，頭髮蓬亂，與他平時那付絕頂聰明的極客（geeky）形象相去甚遠，看起來一副迷迷糊糊的樣子。

「晚上沒睡好啊？」他到我身旁坐下時，瑟琳娜同情地問他。

他點了點頭。他和布蘭妮是新手父母，要照顧四個月大的派珀，他們很久沒睡個好覺了。坐在對面的里卡多跟他點了點頭，表示安慰之意。「那杯雙份濃縮咖啡要開始作用了，」他微笑著說：「頂多十分鐘，或許五分鐘就有效了。」

「一定要有效啊！」滿臉倦容的山姆虛弱一笑。

長椅區舒適溫馨，充滿了朋友間舒服的熟悉感和暖心的說說笑笑。雖然外頭有暴風雨肆虐，但最奇怪的是，感覺上我們聚在這兒並非全屬偶然。就好像此時此刻有某種因果業力，恰好把我們全都湊到一塊兒似的。

事實上，親愛的讀者，你也是這樣的唷。但是，是為什麼呢？是有什麼目的嗎？

瑟琳娜說她趁瑜伽士塔欽出發之前，帶他到市區去買些禮物——他明天將飛往德里，接著再飛往維多利亞瀑布。

「我的兄弟諾布很多年前搬到那裡去了。他一直叫我去找他，」仁波切解釋道：「我決定了，是時候了。」

「我很想去非洲。那些動物啊！」瑟琳娜的眼睛發亮。

「諾布在野生動物保護區工作，」仁波切說：「他想讓我見見他的大象群。」

「我能想像那個畫面，」在他身旁的法郎回應說：「大象有非常敏銳的直覺力。」

圍坐桌旁的其他人紛紛點頭。然而，與此同時，我發現海蒂的臉上掠過一道陰影。「牠們是非常特別的生命體。」仁波切轉向法郎表示同意。「諾布告訴我說，大象真的能記得很多年之後的人事物。他自己有親眼證實。」

海蒂不安的神色愈來愈明顯，彷彿仁波切所說的話更印證了某件麻煩的事。剛剛談話當中到底是哪一點引起她的煩惱呢？大象的感知力應該不至於讓人苦惱吧。她不安的表情明顯到連瑟琳娜都注意到了，並關心地看著她。山姆則是一頭霧水，仔細地打量著她。法郎不落人後，他轉過身看見她的模樣，也變得焦躁不安起來。

突然間，整間餐廳被耀眼的磷光白照亮，緊接著是一聲巨響。我的鬍鬚都麻了。

等喧鬧聲平息後，海蒂看著仁波切說：「我覺得佛教……很難接受耶！因為它說動物沒有靈魂。」她搖搖頭。「還說人類也沒有靈魂。佛教有些部分很接近我對意識的想法。但是，還有這個『無』，就是沒有靈性、沒有靈魂的概念啊。」

「啊，是空性！」仁波切點點頭，同時看起來很輕鬆且平靜。「這個概念可能很難接受。」他承認道。

在他兩邊的法郎和瑟琳娜都把背部靠到座位上。看樣子，海蒂是遇上了一個他們都很熟悉的學佛障礙。

「確實，佛教不像其他宗教那樣，我們不講靈魂或靈性的概念。沒有一個永恆的自己或本質。這不是我們擁有的東西。」

「可是！」海蒂的臉有一種不常見到的痛苦表情緊繃著。「這樣很悲哀呢！」

「是嗎？」仁波切聳聳肩，神態自在。「為什麼這樣說？」

過了好一會她才能回答說：「如果我死後化為烏有，那你人生還有什麼意義，無論做什麼又有什麼意義？」還沒等他回應，她又說：「並不是什麼都沒有啊，這我明白。但是，就不會再有海蒂這個人了。」

「正確，」他同意道：「就不會再有海蒂這個人了。」過了一會，「成為海蒂這個人，或處於海蒂的狀態，妳對這個有一種強烈的感覺，而且不想被剝奪？」

「沒錯！」

「好！」他雙眼明亮，「記住這一點，緊緊抓住它，因為這個想法要被反駁囉！」

「反駁？」海蒂驚呼，同時天空又響起一陣雷聲。

「一般來說，我們對自身的認識，真是令人惋惜，」仁波切說這話時，讓人覺得他很有包容力，好像他和大家都一樣，而不是一位證悟層次很高的瑜伽士。「我們有一個概念，認為有這樣一種存在，大小和人體差不多，心念和大腦體積差不多。這個概念很固著，而且非常狹隘、非常有限的。但事實上，永恆的東西是永遠都找不到的。我們自己沒有，存在中的任何現象也都沒有。所有的一切都處在不斷變化的狀態之中。」

「所有的一切?!」

他點了點頭。

「什麼呢，就像是……」她環顧餐廳，然後目光落在她面前的桌子上，以及她帶來給我的罐頭上。

「就像貓罐頭也是這樣的嗎？」她質疑問道，好似這個概念實在太瘋狂了。

瑜伽士塔欽順著她的目光望去，肩膀開始顫抖，他每次笑起來就會這樣。「貓罐頭？」他沉思道：「這個例子很好。」

法郎和瑟琳娜交換了一個期待的眼神。看來他們都曾聽過仁波切即興談過這個主題，也很期待他再講一回。

對海蒂和里卡多而言，他們則是密切注意著這位瑜伽士，試圖了解這個特殊的新概念。山姆把頭靠在長椅上，盡全力保持清醒。

「妳說的貓罐頭就是這個嗎？」仁波切指著花瓶裡的玫瑰問道。

他這樣子有意裝傻，搞得海蒂迷糊了，她便伸手去拿旁邊的罐頭說：「是這個才對。」並遞給他。

瑜伽士塔欽仔細讀了標籤一會兒。「貓罐頭只是標籤上這樣說，對吧？只是我們彼此都同意並約定的說法。可是，這罐子裡面裝的是什麼呢？」他搖晃罐頭的模樣啊，如果說我還沒吃午餐的話，這樣的動作會讓我覺得相當迷人。「從側邊的說明欄看起來並不是貓罐頭啊。」這真的把海蒂和里卡多搞糊塗了。

「假設庫薩利把這罐頭拿進廚房，倒到碗裡，主廚可能會說這是……」他讀出罐頭上的說明：「鮮美多汁的鮪魚。甚至可能會用這個去做菜。」

「做酪梨船沙拉！」瑟琳娜笑道。

「要是我的話，我是不會用啦，」法郎打趣說：「罐頭裡面是有鮪魚的某個部分，或許是沒那麼好的部分啦……」

「尊者貓，抱歉囉。」瑟琳娜插嘴道。

「……放進罐頭裡的東西，」仁波切繼續說：「我們打上『貓食』這樣的標籤。」

海蒂和里卡多此時似乎對這個說法不感興趣。

「兩個月前，或許這是一條漂亮大魚的一部分，它本來在海裡游泳，後來被漁民捕獲。鮪魚會覺得自己是貓食嗎？漁民有沒有喊道：『快來看，有一群貓食！』」

海蒂全神貫注聆聽，並搖了搖頭。

「他們要的是鮪魚，」仁波切再次提醒。「再說一次，『鮪魚』只是大家都同意給這種魚的一個標籤。所以，他們抓到鮪魚，並把其中一部分做成罐頭。然後有一天，它被放進尊者貓的碗裡——就成了貓食，對嗎？」

她點點頭。

「尊者貓吃了罐頭，鮪魚就到了她肚子裡。這時還是貓食嗎？」他停頓了一下，又繼續說：「那麼，第二天，她走進花園時……」他用右手模仿貓爪在土堆刨洞。「她要上廁所。那會怎麼樣？這還是貓食嗎？還是可以放在酪梨船上的鮪魚嗎？」

圍坐在桌子旁邊的大家都在做鬼臉，接著里卡多壯起膽說了句：「貓便便？」

「對啊！這又是另一個標籤。大家都覺得噁心的東西，光看就很可怕，有腐臭味。但是，對土壤來說，卻是豐富的養分。過了幾個星期，雨來了，大便已經分解完成，變成土壤的一部分。

那裡有樹木，他的根部要延伸，所以就吸收了養分。再用這些養分去創造出……」他指著小花瓶，「最美麗的玫瑰。」

桌子周圍的聽眾都一起轉過頭，並凝視著盛開花朵那典雅的深紅花瓣。

「看起來很美。但那氣味可能就……？」

瑟琳娜把花兒湊到鼻孔下吸了一口氣。「好香啊！」說完便拿起花瓶讓仁波切親自欣賞一番。

仁波切回頭看了海蒂一眼。「此時此刻，是一朵美麗的玫瑰。但它的前世，你可以說它是，貓便便。再前一世是，鮪魚。再之前呢，無論鮪魚吃了什麼——小魚？浮游生物？」他注視著她，目光令人安心。「沒有什麼東西是從『無』而來的。是所有一切都在不斷變化之中。」

海蒂和里卡多聽著他的解說，不停點頭。仁波切靠向他們說：「我們也是一樣的，」他說：「邱陽．創巴仁波切（Chogyam Trungpa）說這個是『不連續中的連續性』。這就是為什麼我們不談一個人的本質，不談某種永恆的存在。即使是人的一生，那也是非常短暫的；六歲的小女孩海蒂，二十歲、五十歲的海蒂，或八十歲的老海蒂，她們都不一樣。我們終生都使用同一個標籤，但是有些東西是一直在變化的。但在我們看來，我們相信它不僅僅是個標籤，我們認為還有其他東西。因為大家都以為是那樣，所以，就編造某物，讓自己相信那是真的。」他停了下來，看向瑟琳娜。

「自我編造。」她點點頭，「就是把一個概念具體化成為某個東西，想讓這東西感覺是永恆的。」

「關於『我自己』這個概念，」法郎附和道：「在我一生當中曾經歷過好幾次巨變。我知道妳也一樣。」他迎向海蒂的雙眼。

「對。」她低頭看了一眼。

曾經有一次，大家也都圍坐在桌旁，那時海蒂就分享了她嚴重懷疑自己有擔任瑜伽老師的能力。她的課與她叔叔陸鐸的「下犬瑜伽教室」的傳統教法有很大的不同。海蒂用他所採用的標準來衡量自己，加上她從青春期開始就一直自我懷疑，兩相夾攻之下，她徹底絕望了，以為自己很失敗。

她當時向這群同情她的聽眾傾訴後，是瑟琳娜告訴她說「不要理會大腦」——很多人的大腦裡也都有的「垃圾群組」，異口同聲說的都是「妳不行」、「妳沒資格」，要把妳的自信摧毀殆盡。同時，法郎也教她正念的重要性。要覺察從大腦升起的、關於自己的負面想法，並學會放下它們。

現在，她是「須摩提水療中心」所有團體課程的負責老師，做得非常成功。她愛上了浪漫的里卡多，兩人正在為未來做各種計畫。正如法郎所說的，現在的海蒂是一個非常不同的版本。

「記得你說過，」她看了一眼法郎後說：「我們講的這個『我』只是一個短暫的概念。是一個我們編造出來的、關於自己的故事。」

「只是一個概念。」法郎點點頭。

海蒂把身子往後靠，思索著剛才所說的一切。「當時，我並不明白你的意思。不是真的懂。但你現在的意思是，」她回頭看著仁波切又說：「『海蒂』只是給某人的一個標籤，而那個人還一直在變化當中？」

仁波切點了點頭，緩緩地。

「我們自己正是那些『想讓東西感覺起來像是永恆的、具體的』的人。而這樣做，其實是很令人惋惜的，」她回頭看著仁波切說：「但是，為什麼要惋惜？」

「嗯，因為不符合現實，」仁波切聳聳肩，「如果你被『海蒂』和『海蒂狀態』困住了，那麼你能期待、能體驗到的東西，再怎樣都是差不多的。即使在這一生，我們也在經歷不斷的變化。但從更廣的角度來看，你的意識，我的意識，都是一直存在的。可以說『意識』是『未經出生的』，因為它在我們這個人形成之前就已經存在了。『意識』是『不間斷的』，因為它在我們死後會繼續以某種形式存在。不會是一模一樣的東西，」他凝視著海蒂，「這是真實的。相反地，意識像天空那般開闊、無邊無際。意識的連續性有可能成為『這個』或『那個』，這取決於個人獨具的習性。」

「我們身為人類，是有機會掌握這些習性的。可以消除負面習性，培育幸福的因緣，讓我們未來的真實體驗不只是正面而已，也可以是非凡的。說我們不能完全擺脫所有限制，不能常住於不斷增長的幸福狀態，那是沒道理的。」

停了一會後，里卡多調皮地笑道：「就像可以選擇做玫瑰花，而不是貓便便？」

滿桌子的人都笑了開來。仁波切把身子前傾，手肘撐在桌上說：「從我們的角度來看，玫瑰很好，而貓便便……沒那麼好。但是如果沒有貓便便或類似的東西，就不會有玫瑰。我們覺得有困難時，感到痛苦時，如果感覺我們的人生好像貓便便時……」圍坐的人群又是一陣哈哈大笑。

仁波切繼續說：「認為事物會一直不變——永恆，認為我們會永遠過這樣的生活，這都是錯的。沒什麼東西是永恆的，特別是我們大腦裡的東西。最負面的情況可能會帶來最超越的結果，這就是盛開的蓮花（出污泥而不染）所象徵的意義。認為我們現在是這樣，而且希望就繼續這樣，直到永遠，」他回頭看著海蒂：「這就像是我們的想像力故障了。就像是說，我們無法想像除了貓便便之外，還能有別的什麼，但實際上，我們是可以成為最美麗的玫瑰的。」

「梵文中有一個字、一個名字來表示意識的流動，那就是我們的心：『如來藏』（tathagatagarbha），意思是『佛性』。正是心有這原始的品質，它才有可能被喚醒，以得到真正的自由。」

他雙眼晶亮，「是一種超越概念的輕盈存在。」

我是桌上唯一一個感覺到，仁波切在描述的好像正是他本人，也像是傳承中其他的高階修行者（如達賴喇嘛）嗎？這或許也解釋了，為什麼當你和這樣的人在一起時，總有一種感覺：在他們感知到的任何人身上，他們也看到了那個人超越的可能性，並且能夠把這一點反映給那個人知曉；因此，會常常喚醒那些與他共度時光的人，並讓他們意外地辨識出在自己外表之下的「如來藏」──佛性，永遠存在、永遠完美。

桌子對面的海蒂微笑說：「謝謝您，仁波切。沒有永恆的本體，這讓我感到很開心。」瑜伽士塔欽、瑟琳娜和法郎都笑了。「我寧願有佛性。」

「對啊，」里卡多也一臉嚴肅地說：「有覺醒的潛力。」

她以誠摯的目光注視著仁波切，問道：「大象也有佛性嗎？」

「當然有的！」他說：「所有擁有意識、有心念的生物都具備潛力。這就是為什麼我們尊重一切有心念的眾生、一切有情。他們與我們具有同樣的佛性。誰知道呢，他們甚至可能比我們更早開悟！」

那一刻，咖啡館裡的光線發生了變化。我從桌上抬頭望向窗外，暴風雨已然過去，天空露出純淨的藍色，不久前來勢洶洶、鋪天蓋地的黑暗現在已無一絲蹤跡。

「像天空一樣的心。」法郎說。

「對，」仁波切同意道：「就像這樣。再暗黑的烏雲都只是暫時的。」

這時，山姆的書店助理菲洛梅娜來到桌旁，她來自里斯本，是一個勤奮好學的人。她需要山姆去協助處理一個客戶的詢問事項，山姆便告退，說要離開一下。不久，海蒂和里卡多也隨他向仁波切鞠躬致謝，並祝他非洲之行一路順風。

我則是趁著太陽出來，決定此刻是時候踏上回家的路了。我從座位站起身來，用鼻子碰了碰瑟琳娜的手臂，然後望向瑜伽士塔欽。有那麼一刻，我很想知道他本人是不是有可能會被我那些更大隻、更獸性的遠房親戚視為貓糧，可是我相信他們是永遠都沒機會去實現這種想法的。

我從長椅上跳下來，朝著咖啡館門口的方向前進。山姆、菲洛梅娜和一名顧客正站在接待櫃檯邊。這位客人是一位衣冠楚楚的歐洲人，他們偶爾會發覺自己出現在達蘭薩拉塵土飛揚的街道上很不搭調。他是歐盟環境專家團隊的一員，身著灰褐色亞麻外套、栗色打褶長褲、閃亮的深棕色布洛克雕花鞋，他應該出現在時尚的露天咖啡館或某間里維埃拉（Riviera）酒店裡的貴賓接待區才對，而不是出現在一個像我們這樣雜亂無章的小鎮。

「多年來，」他興奮地說：「我一直在找這本書。」他手裡拿著一本綠色小書《樹木的神話》（*The Myth of Trees*）。「好像我得千里迢迢來到達蘭薩拉才能找到！」

「這本書很發人深省呢！」山姆告訴他：「這就是為什麼我喜歡多留幾本在店裡的原因。」

「你這一整間書店，」他誇張地比劃著，「即使搬到倫敦、巴黎或羅馬，都是很鼓舞人心的！」

我經過那裡的時候，被他身上一股香氣吸引，與他溫文爾雅的外表截然不同的香氣。那味道散發著濃鬱的草本氣息，但我無法確認是哪一種味道，夾帶著花香，卻又帶著泥土調性，讓人聯想到離我們本地遙遠，那種烈日燒灼的地景。這味道應該是從他身上散發出來的。

「唯一的遺憾是，」男人壓低了聲音，他文雅的口音還是一樣迷人，但就聽不太清楚了，「我沒能找到一本書，專講上個世紀上半葉有關達蘭薩拉的歷史書。」

山姆思考這問題時默不作聲，他那顆有如百科全書般的大腦滾動著各種可能性。然後眉頭一皺，他說：「一九〇五年坎格拉（Kangra）地震摧毀太多東西了，」他聳聳肩又說：「據我所知，一九五九年印度政府提供庇護給達賴喇嘛之前，這裡並沒有發生過什麼大事。」

我也同等專注地吸取有如柑橘香氛那無形的殘跡，還有逐漸消失的麝香氣味，我像翻著百科全書那樣，思索著這位客人身上的氣味的各種可能性。

他察覺到我的存在了，便低下了頭。

「好貴氣的貓啊！」他驚呼道。

山姆和菲洛梅娜都咧嘴笑了。

「暹羅貓嗎？」

親愛的讀者，你相信嗎！暹羅？這些年來，人們對我冠以許多不同的稱呼，但是……我真的找不到言語來形容我此刻的感受！

「是喜馬拉雅貓。」菲洛梅娜糾正他。

他綻放笑容，伸手撫摸我的脖子。

「只是個標籤而已。」山姆複述的是他剛剛聽來的談話。所以，他其實沒有打瞌睡喔！

他的話是另一句對我的及時提醒。只是個標籤。暹羅貓——只是附加在我身上的另一個標籤。這樣，我就找不到理由生氣啦！畢竟，我是一隻有很多名號的貓。我被稱為「尊者貓」、「仁波切」、「有史以來最美生物」，甚至還有我最討厭的「貓澤東」，但這有什麼關係呢？這些名號就只是標籤而已，只是別人對我的看法。只是許多的概念。就像「我」也是我對自己的一個概念。這樣的想法引發了一股能量流竄我全身，讓我突然從這位客人身邊跑開，從敞開的餐廳大門衝了出去，然後，大笑聲便從我身後傳來。

傍晚時分，我躺在尊者房間的窗台上，丹增和奧利弗端著茶盤走了進來。這是我一天當中最喜歡的時刻之一。他們三人會評估時事並計畫未來的活動。之後，等到他們喝大吉嶺啤酒時，談話內容便會涉及各式各樣的主題，而我就躺在那兒，目送尊勝寺庭園的夕陽西下，落到更遠的坎格拉山谷（Kangra Valley）裡。

今天下午聊到的許多話題當中，尊者的翻譯官奧利弗這個身材魁武、生性樂觀的英國人，告訴大家他在一本講蘇菲派神祕主義的書中看到的一則故事：

有一位很有智慧的大師走在路上。他看到了一塊牛糞餅，上頭有一隻蒼蠅。

他彎下腰對蒼蠅說：「蒼蠅先生，今天是你的幸運日！跟我來，我帶你上天堂。」

蒼蠅輕輕拍動雙翅，認真地考慮起來。

過了一會兒他問：「天上有牛糞餅嗎？」大師搖搖頭。

「那我待在這裡就好，」蒼蠅說。

達賴喇嘛和丹增的臉上都露出了笑容。「很好。」尊者笑著說：「我們全都像這隻蒼蠅，對嗎？」

奧利弗同意道：「即使有晉升、超越的機會，我們還是要堅持自我感。」

「我們的傳統，」過了一會兒達賴喇嘛說：「對於『空性』有一種特別的說法。但我覺得，其他傳統也有類似這種『放下自我』的概念。如果想要體驗神性的話，就要有這種清空自我的概念。」

尊者不僅僅是用言語在表達，他與人溝通時經常有這種情況，就是會有一種感覺，一股能量，會在他的兩名行政助理離開房間後，他來到窗前抱起我，把我擁進懷裡之後，仍然一直持續著。他體現出他口中的智慧，我們一起從敞開的窗眺望遠山，徐徐微風攜有松樹和杜鵑的芬芳，還有森林清新飛揚的氣息。

我甚至還沒有清楚覺察到這種感覺、這種能量也來自於我自己，就開始發出咕嚕聲……那是發自喉嚨深處的道謝之聲，是由於這種幸福狀態而自發的伴唱之音。那當中沒有達賴喇嘛，也沒有達賴喇嘛的貓。那當中，區區標籤全被拋在一邊，二元性被超越了。結果卻是，唯有光明，免除了所有限制，純粹大愛遍及一切的狂喜，有如宇宙本身一般無窮無盡。

第三章 豆豆糖菩薩

先對那些我們真正有愛的對象練習慈悲心。唯有如此，當我們把這個練習做到非常熟練了，才能把我們的慈悲心延伸到其他人身上。

開悟的人都長什麼樣子呢？你會知道在商店或咖啡館裡遇見的是一位菩薩嗎？這類靈魂在他們的內在旅程中已經相當進化了，這件事會讓他們身上出現耀眼的光環嗎？還是說會有某種細微卻又錯不了的振動引力？還是說，是他們的麻布衣裳和水晶鼻釘洩漏了天機？

聖人——什麼門派的都行——的言行舉止就是神聖的嗎？即使他們的身體有可能扭曲變形、雙下巴、長黑斑。但是，他們的存在、他們的行為之中是否會有點什麼能明白顯示出：他們確實是一個有大開悟的人呢？

諸佛的行為總是前後一致，還是說他們允許某種獨特性？他們是否曾經大發脾氣，或至少看起來是發脾氣的模樣？簡言之，親愛的讀者，關於與我們共同生活的這些人，我們對他們的內在狀況有一丁點兒了解嗎？

某日清晨，我果敢地下樓去回應大自然的呼喚時，腦海中閃過就是這些想法。或說，我可能那樣思考過。我記不清了。然而，我的的確確是停下了腳步，感受了一下一天之中那個時段常態性的繁忙狀態。

外頭的市場攤販賣饃饃給早起的通勤族，那股辛香味從寺院門口飄進來引發我的好奇。馬路上摩托車的呼嘯聲、車流的疾行聲，伴隨著穿制服的孩童徒步上學時的尖聲歡笑，都深深吸引著我。陸續抵達我們這棟大樓的工作人員，他們處理尊者辦公室的事務，都是與我相識一生的男男女女，也都成了我的好朋友。我知道他們當中有一些是很有智慧、很善良的人。難道說，在那些走過我身旁的芸芸眾生之中，也有像達賴喇嘛那樣的菩薩嗎？

有些時刻，這世界會變得前所未有地清新，各種可能性也變得前所未有地令人嚮往——即便是對如我一般的高齡貓族來說，也是這樣的。在那樣的高光時刻，因為我前一日下午已在奧利弗的辦公桌上完成了一套馬拉松式的保養課程，又梳理又刷毛的，務必讓我的毛皮扮相完美。當時，有某一處卻比任何地方都更吸引我。讓我被一種無法抗拒的衝動所驅使。

就在進大樓的階梯不遠處有個花壇，它綿延並穿過一片無人照顧的沙土帶，盡頭則是一條有鋪設好的小徑。就是在這裡，我讓自己的肩膀先在灰噗噗的沙堆上滾一滾，直到一整條背脊在沙堆上停放妥當。然後，我又開始翻來覆去，享受著皮毛上那沙塵的感覺。再來個左右兩側蠕動，能用皮膚盡可能地磨碎最多的小土塊，那就再好不過了。

沒多久，巧遇奧利弗來上班。他騎自行車疾馳，直至大樓外才煞車；下車後就把鎖鏈套在附近欄杆上。當他直起身來要進大樓時，看到我在那邊扭來扭去。

「尊者貓！」他驚叫。

他走過來，我還是繼續摩擦身體兩側。好吧，我承認，當時我是在炫耀。

「這動作有什麼意義？」他問。

意義？為什麼一定要有意義？貓貓洗個沙塵浴而已，非得要來一場哲學性的質問嗎？

「昨天花了那麼長時間才刷出那麼漂亮的毛皮。好啦，看看妳現在！」他的手伸向我裸露的肚皮。

我甩開他的手，還激烈地扭了幾下，然後就跳起來跑開。

「小壞蛋！」他在我身後大喊。可是啊，我注意到，他其實還是覺得挺有趣的。我繼續踏上我回歸大自然的冒險旅程。尊勝寺旁有個小花園，裡頭主要有一棵孤零零的雪松，樹下有一張公園長椅，只需從人行道往上爬幾步階梯就可以坐坐。公園的四個邊上都是花壇，有滿滿盛開的鳳仙花、馬齒莧和百子蓮，主要是供後方安養院的住民享受的。他們一整天坐著輪椅在陽台上群聚，就像劇院裡的觀眾一般，欣賞著這片翠綠的展覽品。

我會定期訪視他們。我一出現，就會產生歡欣鼓舞的效果，所以在他們那個圈子裡，我被授予了我這一生最高的頭銜——治療貓。

今天，吸引我前來的既不是住民，也不是鮮花，而是我希望找到——貓薄荷，那裡其中一個花壇有一叢是貓科動物最喜歡的草本植物。負責照顧花園的人是尊者的司機，貓薄荷是他特地為我種的。有時候，它的誘惑力好強大喔，我甚至可以從隔壁的二樓窗台上聞到它的味道。不過，今天倒不是那一類的情況。我一到花園，並沒有察覺一絲絲我最喜愛的提神好物的氣味。而且，我才一上去就發現，那裡不只我一個。春喜夫人的好朋友桃樂絲・卡特萊特就坐在公園的長椅上，坐在她旁邊的人是瑟琳娜。她倆聊得很投入，根本沒注意到我來了。

「我上次見到貝特，都已經是幾個月前的事了，」桃樂絲看向安養院，「妳也知道，她愈來愈老了。都九十多囉。身體很虛弱，可是心智卻依然敏銳。一說起本地歷史，她就是這方面的知識泉源。」

瑟琳娜身著珊瑚紅的紗麗式洋裝，還是一樣地活潑可愛，凝神傾聽著桃樂絲說話：「正如我所希望的，她還記得一些關於山裡頭那位神父的事。」桃樂絲朝著席德和瑟琳娜家的方向抬了抬下巴，又說：「還有啊，我們講話的時候，我也漸漸想起更多的事。那件事說起來很奇怪。其實，也讓人非常難過。當然啦，那時候會覺得好像是遠方來的外地人的事，不過，如今已不這樣想了。」

瑟琳娜點點頭。這個在很多年前住在他們家小屋的男子，她好想盡量多了解他的一切。他留下來的那棵義大利傘松現已意外被發現了，而這棵樹，對她媽媽春喜夫人一解鄉愁有很大的助益。

「他是一個非常堅強的男人——充滿火熱的性格。」

「是熱情的義大利人，」瑟琳娜打趣道：「像我媽那樣！」

「他膚色偏黃，黑色大鬍子，胸膛寬闊，身材高大、體格健壯，」桃樂絲繼續說道：「他以傳教士的身分出現，是來改變大家的信仰的。但是來沒多久，他自己就變了。他開始拓展自己的視野，很快就意識到，印度的靈性傳統比大多數歐洲人所能想像的還要豐富。還有很多重要的、持續活躍的宗教傳統。」

瑟琳娜不住地點頭。

「羅倫佐神父在義大利時曾接觸過本篤會的默觀修行。他來到這裡後，可能是因為這樣，所以他能更打開視野。」

「默觀？」瑟琳娜問。

桃樂絲點點頭，「貝特讓我想起一件事。他還在的時候，歐洲社區在傳的一件事。他很常說，他來印度是為了找到自己的靈魂伴侶。」

瑟琳娜揚起眉毛說：「這不就惹到教會了嗎？」

「所以，他脫掉了神父的長袍啊！」桃樂絲說。

「啊。所以這就是你前幾天想起來的那件事，」瑟琳娜說：「妳說不想用『醜聞』這個詞……」

我嘗試接近這兩個女人，卻沒獲得關注，便跳上桃樂絲身旁的長椅。我真的很不習慣遭人忽視。

一會兒，她倆都轉過身來，邊撫摸我脖子，邊問候我。

「事實上，」桃樂絲說：「脫掉長袍只是一個開始。」瑟琳娜聚精會神起來。

「貝特提醒我說，他是在脫掉長袍以後才搬離市區、住到山上去的。他沒什麼錢，只住得起最小的屋子，只有一兩個房間。有一段時間，他以托缽僧、出家人的身分維生，研究東西方的哲學。」

「是和他的貓——露娜，一起生活的嗎？」瑟琳娜撫摸著我的脖子問道。

桃樂絲點點頭。「對他來說，那段時間可能是最平靜的時光了，」她說：「但我猜這個情況為時並不久。或許有幾年吧。我聽說有一位住在山裡的神父，大概就是在那個時候。貝特告訴我（之前我不知道），他有許多老師，很多古魯。其中一位是名叫烏瑪（Uma）的印度女生。

「『光彩』。」瑟琳娜說出這個梵文名字的語意。

「她真的非常出色，大家都說她內在和外表都很美。她比羅倫佐神父年輕，但是心靈層次很高，出身自聖人和大君的家庭背景。不管怎樣，他們兩人的關係變得十分親密。不再是老師和學生而已，是更親密的關係。最後，好像是確認了彼此是真正的靈魂伴侶。」

瑟琳娜微笑並點頭。或許她想到她自己與席德的關係，也是一段東西方之間意外又奇妙的結合吧？

「他們按照一般人的儀式結婚了，而那才是問題真正的開端。」

瑟琳娜的臉色蒙上陰影。

桃樂絲繼續說：「有一個爭議是，當地有戶人家說，烏瑪之前就已經許配給他家兒子了，是媒妁之言。」

「真的嗎？」

「誰知道呢？」桃樂絲聳聳肩又說：「但就是出大事了。那名男子和他的家人都覺得被詐騙了，所以想去傷害烏瑪，或是要抓到她。」

「天啊！」

「羅倫佐因為身材強壯又粗獷，便挺身而出。可以說他使出全力痛扁了對方。」

「做得好！」

桃樂絲做了個鬼臉說：「但是後來並不好。我是說，對他而言並不好。對他或她都不好。沒人知道後來還發生過什麼事，只知道不久後，有一天晚上他們都熟睡了，有人跑去放火燒他們的小屋。而且做得很絕，整個地方一下子就陷入火海。烏瑪醒過來，想要救羅倫佐，可是，他好像已經被煙嗆得失去知覺了。她把他拖到外面時，自己身上也著火了。」

瑟琳娜的臉上露出了痛苦的表情。

「她活下來了，」桃樂絲確認道：「但他沒有。在那一晚之後，就再也沒人見過她。這些不愉快的事開始爆出來時，她曾經告訴某人說，他們打算搬到遠方，這樣就能遠到永遠都不被找到。」她看著瑟琳娜悲傷的神情，又說：「大火之後，她就這樣做了。」

「那放火的人呢？」

桃樂絲搖頭說：「沒人被起訴。一直為這樁婚約鬧事的那戶人家，則極力否認與此事有任何關聯。而且，羅倫佐神父好像真的也有其他死對頭。」

瑟琳娜看起來聽不太懂的模樣。

「他那個樣子啊，」桃樂絲解釋道：「是很熱情，但也很衝動。他或許是個很有靈性的人，可是也惹毛了一些人，歐洲人和印度人都有。」

「那就奇怪了，不是嗎？那些畢生致力於利他主義、慈悲為懷的人，為什麼有時候也會激起如此仇恨。或許，他們缺乏自我覺察嗎？還是說不夠寬容？」

「就羅倫佐神父的情況而言，我覺得是當地的英國人社區還沒能接受他。他有許多觀點，在今天是不會讓人有疑慮的，但那個時候……」

瑟琳娜點點頭。

「至於印度人嘛，有些人是覺得他違反了他們的傳統。」

「覺得他是個不守規矩，又愛惹麻煩的人。」瑟琳娜試圖總結道。

「即使他根本不是那種人。」桃樂絲雙眼望向遠方，然後看了瑟琳娜一眼說：「其實，我見過他一次。」

「哦！」瑟琳娜驚呼，又問：「然後呢？」

「貝特說起一件事，勾起了我的回憶。有一次他來我家，可能是來找我爸的。妳知道的，他曾經當過律師，會做一些轉移財產之類的事。」

「可能跟那棟小屋有關？」瑟琳娜問。

桃樂絲點點頭說：「有可能。」

「他有跟妳說什麼嗎？」

「我什麼都不記得了。印象中有個身材魁梧、留著一把大鬍子的男人身影，站在門口和我爸說話。他身上有一種『另類』的感覺。」瑟琳娜沉思起來。

「貝特還記得他。她說啊，有一次他遇見了她媽媽，那時她還拖著三個孩子，他說，能當她的小孩多讓人羨慕啊！因為他們不是用頭腦，而是用心在了解這個世界。」

「嗯。」瑟琳娜微笑著。

「貝特的父母，」桃樂絲顫抖著說：「卻覺得他非常怪異。」

沉默了很長一陣子之後，瑟琳娜才說：「我能看到的唯一慰藉是，至少沒有牽扯到小露娜。」

兩個女人這時都把注意力轉到我身上。

「對，否則就太糟糕了。」桃樂絲邊表示同意，邊輕撓我的額頭，過一會兒我就跳下長椅，走向花壇。

我走過去的時候，還聽見桃樂絲的聲音說：「貝特還提到另一件事。有傳言說，烏瑪離開時可能已經懷有身孕了。可是誰知道呢？」她嘆息道：「其實，都像是上輩子的事了。」

那天下午，在達賴喇嘛的窗台上我經常安坐之處，我俯瞰尊勝寺庭園。在我假寐之時，我夢見了春喜夫人花園裡那棵高大的傘松，彷彿看到一個大鬍子男人在樹下沉思。他的貓露娜能了解他，但其他人類卻辦不到。這個男人所經歷的旅程，是從老師走到學生、從狹隘走到寬廣。這個靈魂，雖然在靈性上比較進化了，卻更不容易為人所接受，因為他已不再融入人群。

我正假寐時，有一名英國人、一名蘇格蘭人和一名愛爾蘭人被領進房間裡。親愛的讀者，這不是我做夢喔！沒有喔，我也不是刻意要想一則笑話來講。達蘭薩拉是真的正在舉辦一場關於遊民議題的國際會議，尊者已於前一天為這個會議正式開幕了。達賴喇嘛的另一位行政助理丹增正領著這群人走進房間裡——這個英國的遊民慈善機構是獲得尊者親自接見的幾個代表團之一。

通常，這樣的一群人會以一種敬畏又恭敬的態度入座，浸潤於尊者的風采之中，心裡會很清楚知道，自己正在經歷的是個人一生中會永遠珍視的亮點。但這個團體並非如此。從一開始，他們之間就有一種尷尬。這位身高馬大、名叫謝莫斯的愛爾蘭人，他看起來是三人之中最冷漠的一個，他一屁股就坐進尊者旁邊的扶手椅。另一頭，穿著深色夾克、留著短鬍子的英國人喬治，他入座時則顯得異常地憂心。而坐在達賴喇嘛對面，與丹增共用一張沙發的是蘇格蘭人比爾。他頂著禿頭，眼鏡閃閃發光，表現得非常乖巧。至少，一開始是這樣的。

在簡短地談了談這次會議內容之後，尊者向三人詢問他們在慈善機構所從事的工作。永遠完美的外交官丹增，好像完全消失到背景後似的，為的就是要讓自己好像不在場一樣。喬治解釋說，他是募款人，也是執行長。謝莫斯負責營運。比爾則負責外展工作。因為喬治請求達賴喇嘛稍稍談談他恰好想到的建議，尊者便開始談動機的重要性——「有智慧的自私」此一悖論：**當我們把慈悲的專注力聚焦在他人身上時，我們本身會是第一個受益的人。**

這個論點他每個禮拜都會講一次。這句話我已經聽過太多次了，所以我早就不會質疑了。可就在今天，當尊者有趣地鋪陳著，快講到這個主題時，咖啡桌對面的蘇格蘭比爾眼中閃過了一絲惱怒。沒多久就說：「當你擁有『棲身之所』這種享受的時候，那些慈悲之類的東西倒是還可以，」蘇格蘭比爾忍不住插嘴了，他臉色慢慢變紅，後來整個頭部紅到發亮，「可是當你在街頭，艱難地討生活時，情況就不同了。」

儘管比爾這番聲明中含有怒氣，但是，他坐在尊者對面的時候，卻未能有一次直視尊者的雙眼。

英國喬治侷促不安，現在，他「總是驚慌失措」的根源顯而易見了。

愛爾蘭人謝莫斯則歪著頭表示，他並不完全同意他的蘇格蘭同事的觀點。

尊者並不慌亂，他說：「即便如此，」他點頭認同了比爾的觀點：「我注意到，有時候在物質上擁有很少的人反而會願意……」

「你都破產了，還在慈悲，就是放縱！」沒人攔得下比爾，「至少，在我成長的地方是這樣的。今天，生活還是同樣地艱苦，你不能相信任何人。即使睡著了，也得保持頭腦清醒。外頭可是很殘酷的。心太軟，」他搖著頭說：「就太不切實際了。」

「我想，尊者問的是我們的意向，」喬治這樣說，是想把話題轉回來，平息蕩漾的餘波。

達賴喇嘛看了他一眼，點點頭。然後，他轉而看著比爾說：「但是，你所幫助的人們也是如此。與人交往時，當然要有智慧。然而，即使是他們，也必須要有一個慈悲心的位置……」

「你脫離現實了，」比爾用力搖頭，而且，依然很堅定地，就是不願意接觸到尊者的目光。「我們所幫助的人，他們疑心都很重——但這樣也沒有錯。要贏得他們的信任，需要時間。叫他們要對人慈悲，可是根本沒有人對他們慈悲啊……」

「比爾也曾經當了好幾年的遊民，」喬治趕忙插嘴道，免得他的同事變本加厲，更加激動起來。「其實，他在英國還挺有名的。」

他從他膝蓋上的文件夾取出一本平裝書，並拿給尊者看。書封上是一張比爾年輕時的的照片，旁邊有一隻蘇格蘭梗犬。

達賴喇嘛看著照片笑了。「你的狗很乖，對不對？」

「對啊！我家的狗多哥，是在大街上發現他的。」比爾聲音中的語氣緩和下來，變得不一樣了。「他很小的時候，有一群小偷因為想弄點錢，就把他偷走。後來賣不掉，」他的眼鏡折射出強烈的反光，「他們就把他丟掉，讓他等死。」

尊者轉過身，舉起左手並指向窗台，「這位也是。」他說。

大家紛紛轉過身朝我看過來，而我正仰面朝天，呈大字形躺著，很是吸睛呢！今兒個一早的沙塵浴若有留下什麼證據，從他們所坐之處肯定是看不到的。「好優雅的貓咪啊！」喬治評論道。

達賴喇嘛先指指比爾，再指著自己說：「這個，或許就是我們的共同點？我們都是動物的救援者！」如果這句天外飛來的話對比爾有何影響，那他肯定也沒表現出來。他仍舊在逃避眼神接觸。

「說來聽看看，」尊者問，「你家狗還很弱小的時候，你會保護他嗎？」

「我不會讓卑鄙小人傷害他的！」比爾咆哮道。

「你會給他找吃的？」

「他不會餓死的！」

「就算你沒錢？」

「總會有辦法的。」這個蘇格蘭人往後癱倒在椅子上。

達賴喇嘛嚴肅地看著他說：「我有個朋友被中國人囚禁了很多年，生活條件很艱苦。單獨監禁，但也不是完全只有他一個人。儘管他們給他的食物很少，可是，他每天還是會留下一點麵包屑，因為啊，有一隻老鼠都會到他的牢房找他。他和老鼠交了朋友。彼此相伴了好幾年。」

比爾點頭了。

「即使在這麼惡劣的條件下，仍然有培養慈悲心的可能性。想一想別人的需要，而不是只想著自己的需要。」

比爾沉默了一會兒才回答說：「我明白了，關於老鼠的故事。多哥也是，」他搖著頭又說：「但無論什麼時候，我都只選擇動物，而不是人。」他語氣激昂起來。

「你知道嗎，不是我救了多哥。是多哥救了我！」

「這就是了。」尊者回應道，彷彿比爾所說的話恰恰證明了尊者的觀點。

「但之前，你說的是人！」蘇格蘭人反駁道，眼鏡閃著光。

尊者揚起眉毛說：「是眾生。不只是人類。」

「在我家鄉，」比爾說：「人類和非人類是兩個完全不同的類別。」

達賴喇嘛停頓了很長一段時間，仔細地打量他，因為比爾對事情誤解的根源變得愈加明顯了。隨後，尊者臉上閃過一抹頑皮的神色。

「嗯，這裡，」他把雙手舉到半空中，似乎以某種方式在表達。尊者所指的與其說是一個地方，不如說是一種心態。「他們是同一類的，都是『有情眾生』，」他微笑著說：「藏語的意思是『具有心念的生命體』。我們都一樣，都希望擁有幸福，避免痛苦。」

「那，」比爾吃了一驚，便說：「這一點我是不反對啦！」

怒氣似乎從他的臉上淡去了。接著，他是不是在某一瞬間把目光落在了達賴喇嘛的身上，然後又趕忙躲開呢？

「偉大的宗喀巴大師，」尊者舉起食指，對著比爾輕輕晃動，「他教導我們，先對那些我們真正有愛的對象練習慈悲心，譬如說多哥。唯有如此，當我們把這個練習做到非常熟練了，才能把我們的慈悲心延伸到其他人身上。這就是你一直在做的，對嗎？」

比爾沒有回答，而是低頭往下看。

「那麼，你現在照顧其他遊民了嗎？」

因為沒有回應，喬治便加以肯定地說：「你很少會看到比爾夜晚在家裡看電視，他總是會去好幾處的橋下、天橋下或小巷弄裡，無論在哪裡，有人困苦，他就在那裡。」

「這是很好的例子，說明了如何把慈悲心的範圍，從一個眾生擴展到許多眾生。」達賴喇嘛說：「這才是真正的菩薩道。」

「我不會這樣說啦，」比爾喃喃抱怨。停頓了一下後又補充道：「但是，我確實滿喜歡『眾生』這個概念的。」

愛爾蘭人謝莫斯一直沒開口說什麼，但此時卻從椅子上直起身來，並轉向達賴喇嘛說：「尊者，雖然看起來或許不是這樣，但其實，上哪兒都找不到像比爾心這麼柔軟的人了。」

「胡說！」比爾怒視。

「我們在辦公室都叫他豆豆糖（Jelly Bean）。」

「豆豆糖？」尊者不明其意。
「您不知道嗎？一種糖果，」喬治正要解釋時，達賴喇嘛點頭道：「啊，我知道豆豆糖。」
「嗯，您看喔，」謝莫斯解釋道：「他外表堅硬，但內心卻像果凍那樣柔軟。」
達賴喇嘛明白這個綽號的意義後，高興地拍起手來。
「真是胡說八道！」比爾就是要唱反調。
「真的是這樣，是這樣沒錯！」謝莫斯平反道。
「這總比另外一種好多了。」尊者插話。四人都看向他，滿臉問號。
「要是外表柔軟，」達賴喇嘛停頓了一會兒解釋道：「但內心堅硬。」他想到這一層，表情變得嚴肅起來，沉思道：「人們會用外表裝出有違真實的模樣。這是很常見的。」
「是好很多的，」他點點頭讚許比爾，又說：「實實在在的。」
那一刻，蘇格蘭比爾好像能與尊者四目交接了，而且時間夠久，能夠讓他感受到許多人在尊者面前所經歷的特別效果。他自己的心與慈愛是樸實而純粹的，卻又藏得很深，現在因為這股勢不可擋的力量而浮現出來了，就好像按下了開關一般，他覺得有一道突然又意外的光輝照過來，而他竟處於其中心位置。他沒辦法，只能臣服於在他內心湧動的極樂感受。他持續注視著達賴喇嘛的雙眼，他的瞳孔透出清澈純淨的藍色——在這特殊的一刻，因情感而閃閃發光。
沒多久，尊者的眼睛一亮，他直接對這位蘇格蘭客人的心說話：「我覺得，這個世界需要更多的豆豆糖菩薩！」

不一會兒，英國代表團就被帶出來了。達賴喇嘛得去寺院參加會議，我則選擇去行政助理辦公室瞧瞧，因為快到下午茶時間了——在那個講究的辦公室裡，此項儀式是慣例。

奧利弗的爸爸是一名英國聖公會牧師，所以他真的很有英國作風。而同時，丹增則是板球和英國廣播公司國際台（BBC World Service）的超級大粉絲。如此一來，喝茶對這兩人來說，就不僅僅是下午茶而已了。他們會用托盤端進來，並很有儀式感地在靠牆的邊桌上安置妥當。幾分鐘後，壺裡的茶就可以倒出來了。然後，其中一人會從辦公桌起身，在兩個瓷杯裡加入少許牛奶，然後再用過濾器把茶倒進茶杯，接著就是為他的同事送上茶，外加廚房送過來的任何小點心。以今日為例，是兩片能多益（Nutella）脆餅。

丹增告訴奧利弗說：「今天這一組貴賓很不尋常呢！」他們都端著自己的茶杯，各自入座了——而我呢，就待在文件檔案櫃上享用他們先前端來的一碟子牛奶。

奧利弗愉快地咀嚼著脆餅，描述了英國代表團，特別是比爾這位「豆豆糖菩薩」，說他晚上多半在黑暗又荒涼的地方照顧街友，但卻一直強烈地否認自己有什麼慈悲心。

奧利弗在眼鏡後面的雙眼一亮。「有一種很獨特的人，很像你遇到的這種，」他說：「他們根本不是外表看起來那樣。他們給人的印象是脾氣暴躁、易怒……」

「還會對人咆哮。」

「沒錯。可是，他們同時也比我們更加地慷慨和開放。」

丹增點點頭，「就像那一位，」他高舉著正要入口的能多益脆餅。

奧利弗沒聽懂他的意思。

「春喜夫人呀，」他解釋道：「她剛開始在這裡工作時，就像一座火山！」

奧利弗咯咯笑著說：「對，我見過她的那一面！」

「她以前常常會嚇到人，」丹增笑著說：「尤其是一些來自喜馬拉雅山村的僧侶，他們從未見過歐洲人。我有一次看到樓下櫃子裡躲著一位比丘，他怕死她了。」

「真的嗎？」

「但她有一顆最善良的心，」他繼續說道：「可是，有些人就是不懂她。」

我回想起桃樂絲所描述的羅倫佐神父。他充滿熱情，衝動易怒，而且樹敵很多。這些敵人很可能就是要了他的命的人。同時，也有其他人對他有不同的感覺，其中包括了覺悟層次很高、美麗的烏瑪，她找到了他，並與他成為彼此的靈魂伴侶。

「嗯，」奧利弗也同意，並說：「對認識春喜夫人的人來說，每一次聚會，她都是以那顆溫暖、跳動的心，慷慨大方，而且有如母親。」

「就像今天比爾這個人一樣，」丹增表示同意並說：「他的同事說，他是他們全組織裡內心最溫柔的人。」

這兩人都在細思這一種巨大的矛盾。過了一會，奧利弗才說：「有慈悲心的人並不是永遠都看起來很好心，但我猜在某種程度上，我們都期望他們是那樣的。」

「他們也並非永遠都表現出善意，」丹增同意道：「但我們覺得，他們應該多多少少始終保持甜蜜和輕鬆才對。」

「說到『始終』，你知道我今天早上到這裡時，是在哪兒發現這一位的嗎？」奧利弗指向我的所在之處，那時我正在舔最後一滴牛奶，「在樓下的沙土打滾。」

「靠近樹籬旁邊那裡嗎？」丹增問。

「對。」

丹增點點頭說：「我好像也在那裡看過她。」

「相當不尋常呢！」奧利弗評論道：「通常，她是很愛乾淨、愛整潔的，而且也喜歡好好梳理毛外套。」他搖搖頭又說：「結果今天，她好像怎麼都攢不夠足量的沙土填滿她的毛外套。」

「本能吧，我覺得啦！」丹增告訴說：「跟攝取菌種有點關係。他們用沙土覆蓋全身，然後在舔自己的時候會把蟲子吞下去。這樣做有助於消化。」

「我明白了，」奧利弗抬頭看，而我也從空碟子上抬起頭來。「但就是這麼矛盾。我一直以為達賴喇嘛的貓是極為優雅的貓族，是可以放在訪客面前的展品」不是那些在沙土裡打滾的野生動物。」

顯然，早上的沙塵浴我還沒有完全清乾淨，因為下一刻我鼻孔裡劇烈的癢癢讓我打了個噴嚏，殘留在我鼻子上的一滴牛奶因此飛濺而出。那兩個人大笑。

我是沒看出來有什麼好笑的啦！

「也許是在提醒我們，不要把我們的看法與真實混淆了，」丹增笑著說。

奧利弗鏡片後的藍眼睛一閃一閃地，他說：「我們的真實裡面可能有滿滿的諸佛和菩薩，但我們並沒有意識到。」

「正是如此。」丹增微笑道：「我們可能生活在超然的海洋之中，只是我們有局限，因此把這些都看得很普通。但是，把限制都移除後會怎樣呢？」

「透過佛法的修行，」奧利弗肯定地說：「假以時日，我們甚至能感知到貓菩薩的存在。」

丹增笑說：「而從貓菩薩的角度看來，」他若有所思：「沒有優雅的貓族，也沒有沙土中的動物。」

「正是如此，」我開始洗起臉來，奧利弗則抬頭看著我說：「我們身旁的眾生反映出的是我們自己的主觀思想，而非客觀現實，無論那是什麼。」

親愛的讀者，他說的沒錯。我有十足的信心說，你對達賴喇嘛的貓所投射來的是——出、眾、絕、倫！

第四章　真正的護身符

我們做愈多練習，對正面想法就會愈熟悉，又因為「念念相續」，那這個想法就愈有可能在未來自發性地出現，正面想法就會開始愈來愈去影響我們的真實體驗。

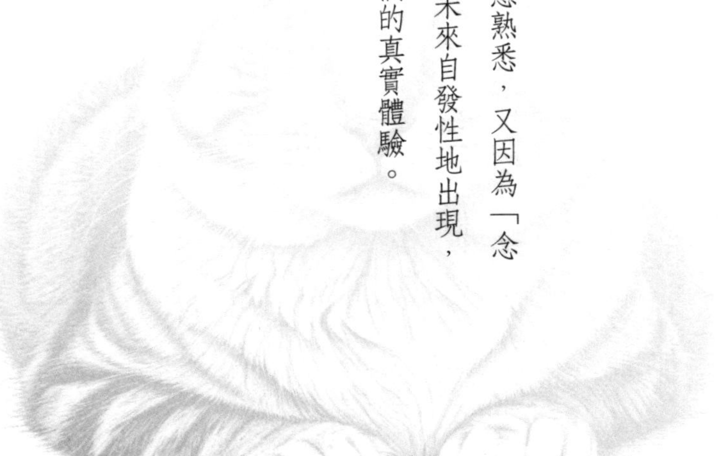

親愛的讀者，你隨身攜帶護身符嗎？就是無論去哪兒或碰到誰，都能一直保護你的幸運符？我說的並不是，嗯，就你脖子上那條閃亮項鏈下方掛著的那個，像是聖克里斯多福（St. Christopher）徽章、法蒂瑪之手（Hamsa），或其他圖象的東西。我說的並不是物體。不是。我要講的護身符是一種更為強大的心靈法寶，是你去哪兒都會跟著你的個人財富。每次你一想起這個珍寶，就會如獲真實喜樂的泉源。

就我個人而言，我以前從未多想這心靈護身符的事。直到我成了一名資深貓族，我才發現有這些護身符的存在。但是，它們提供了一種獨特的保護，是有錢也買不到的東西，因此是真正意義上的無價之寶。無論別人的用意有多良善，他們就是給不了我們這個東西。我們每個人都得選出自己個人的護身符，因為只有我們知道哪一個會有效；一旦選好了，時日久了，我們就會漸漸地體認到它是最珍貴的財富。

心靈護身符跟我許多大發現一樣，都是在非常偶然之間遇見的。我早已習慣在「喜馬拉雅．書．咖啡」用完午膳後，在回家之前去「須摩提水療中心」度過一段午後時光。話說我會去那裡，純粹是好奇心使然——這座宏偉的老建築是席德娶瑟琳娜之前的住家，現已改建為水療中心，並提供芳香療法、銅鑼浴、瑜伽課程和各種其他祕傳的有趣活動。

這裡的主理人賓妮塔是席德和瑟琳娜的朋友，她以冷靜自信的態度管理這個地方，這點是一個過去曾掌管某大家族資產的人應該具備的。年輕的德國籍瑜伽老師海蒂身材苗條，她負責籌畫了許多團體活動。從黎明前到日落後，這裡總是充滿活力——學生和顧客絡繹不絕，他們散落在草坪或在眾多的接待區，樓上樓下的房間也都有治療師在工作，穿著制服的員工則端著盛有鮮榨果汁和美味點心的托盤穿梭其間。換句話說，這裡正是一隻貓可以被人類活動逗樂的完美場所。

只不過，是有個問題的。從「喜馬拉雅．書．咖啡」到「須摩提水療中心」的路程雖說有些上坡路段，其實算是很短程了；但是，中途會經過的住宅區剛搬來了一戶人家，他們有兩隻超愛亂吠的羅威納犬，還會從暗處衝出來，使盡全力惡狠狠地對著我吠，把我嚇得半死。第一次發生這種情況時，我撒開我那四條本就不穩、現在又有點老邁的腿兒所能的最快速度逃開了。我很害怕，因為稍有差池，牽制這兩隻野獸的繩索可是會鬆脫的。

第二回，都走到了那一家大門口時，我才想起之前發生的事；結果，同樣的事情再度發生了。只是這一次，我沒那麼驚恐。狗狗被緊緊地拴在柵欄後面，他們不再構成威脅，而我所感受到的則是憤怒多過於恐懼。這兩個流口水的惡魔怎敢如此對待我？我沒一丁點想害他們。我跟他們不一樣，我只做自己的事。

我匆忙走過去，之後，他們就又開始瘋了似地狂吠。這次的目標是一位銀髮紳士，他在路的另一邊，遛著與他同樣高齡的臘腸犬。他倆也是突然被嚇到，和我上次一樣急忙加快腳步，匆匆逃離那地獄般的鬼哭神嚎。

這條路我很熟，也走透透了，所以就有了第三次我不假思索地又走上這條路去水療中心。那次，在走到那一家的大門口前，我想起了那兩隻狗。而這野蠻的地獄雙犬又再一次想要掙脫狂吠，這樣亂來真讓我氣得冒煙！可我什麼也做不了，只能趕緊跑開，雙耳還因為怒氣而往後緊貼。

從那時候開始，我就不再走那條路了。憤怒是一種令人不快的情緒，不是嗎？剎那間，我們曾有過的任何美好心情就此消失，所有的內心平靜即刻蒸發。更糟的是，就我多年來從許多喇嘛那裡聽來的教誨所知，憤怒也是非常危險的。從業力上來說，一時的憤怒很可能就足以抹殺無數功德。不受控的心念力量如此強大，可以瞬間毀掉我們在長時間積累出來的所有善果。既然可以避免，儘管得繞比較遠的路去「須摩提水療中心」，那為什麼要去招惹雙犬？除了極度不悅，還會招來業力引爆之災呢！

這正是我再訪時所做的事——繞了很長的一段路，從「喜馬拉雅．書．咖啡」後面的一條巷子，走上一條與狗住的地方平行卻崎嶇不平的路。這一趟走下來是比較累的，所以一到達水療中心這個蓊鬱綠洲時，我極需休息。可是，幾處花園和接待區卻都擠滿了人。我可不想成為關注的焦點——唉，這就是身為麥羅甘吉超級巨星的魔咒。於是，我繞著這棟建築的邊上走著，想要遠離喧囂。

巧的是，一樓的私人臥室那邊，其中有扇窗是敞開的。防盜欄杆是可以防範入侵者，但間距也足夠寬，可以讓一個毛茸茸的身體鑽過去。不一會兒，我就跳到窗台邊，穿過窗戶進到房裡，並降落在完全拉上的窗簾後方。從窗簾後方現身之前，我還花了一些時間適應那種半黑暗狀態，不過我倒是立即聞出了某種氣味。

賓妮塔！顯然我進了她的房間，而她正躺在床上，沒注意我的到來。我並不是透過視覺知道這一點——床墊在我上方，太高了——而是透過她非常細微的呼吸聲。根據我們貓族特殊的感知力，就我所知，她並沒有睡著，只是在休息。

我跳到床上，有鑒於我後腿不穩，所以落地時的力道掌握比我原先預期的表現還要差一些。賓妮塔吃驚地往後縮了一下。但不一會兒，她便很快認出我來，並伸手拍了拍她身旁的被子。

「我的小朋友呀！」她低聲說。我走過去，用鼻尖碰了碰她的鼻尖，用鬍鬚輕輕劃過她臉頰，然後轉身坐在她指示之處。快速入座後，我把四爪收攏在身下，並凝視著她的雙眸。

賓妮塔是高貴優雅的女人。據席德說，她年輕時是全印度最美的女性之一，但她被一個白手起家、深具魅力與財力的男人迷住了；不過，他的多金原來只是表面，而非殷實的財富。阿爾罕四十出頭因心臟病去世時，還留給家人數百萬盧比的債務。於是幾週內，賓妮塔和她三個女兒就在新德里過著貧困的日子了。

拯救她的是她與席德的友誼，這就要追溯到她青春期了。席德得知朋友的遭遇後，便前去伸出援手。「須摩提水療中心」是他創建的，是把他以前的住家裝修成賓妮塔經營生意的場所。她接受過美容師培訓，她的女兒們也追隨她的腳步。此外，她還具有一種難以形容的儀態，一看即知她地位顯赫、才華洋溢。她不費吹灰之力就能贏得人們敬重。掌管偌大一份家業之下的眾多員工，這對她來說得心應手。

在賓妮塔與她的女兒們來到麥羅甘吉之前，我就聽說過她高潮迭起的故事了。我也親眼見證了席德家的古舊老宅改建成一座山林間的溫馨聖殿。自從我們相遇的那一刻起，賓妮塔與我之間就建立了一種特殊的連結，有一種我們好像很久以前就認識了的感覺。有一次我聽見她告訴瑟琳娜說，她住在新德里的妹妹雅芝妮分享她與瑪雅的生活點滴，瑪雅是一隻與我極度相似的喜馬拉雅貓。這一點或許能解釋我和她在一起的時候，會有一種莫名其妙的感覺，好像我們的關係是家人間的情感；同樣也能解釋，雖然我以前從未進過她房間，但和她一起睡午覺的感覺卻很自然。

但在此刻，有件事情令我心神不寧。賓妮塔伸手撫摸我的臉後，便把手放在我身上，閉上眼睛。有好一會兒。她翻來覆去，盯著天花板看了非常之久。然後又側身躺著，眼神黯淡，臉也垮了下來。她躺在床上好像不是要休息或睡覺，而是想躲起來。可是，為什麼呢？是什麼原因呢？這些都是我一開始猜不到的。

隨後有了幾次下午的拜訪。每次我都直接從水療中心走向臥室區，穿過賓妮塔打開的窗戶。就像大多數的貓，我是個習慣性極強的動物。就像第一次的拜訪一樣，我發現屋主正躺在床上，並且顯得十分不安穩。

要我承認這一點是還滿難為情的——直到我第三次去拜訪賓妮塔，我才能辨識出一些之後看來顯而易見的情緒。我已經太習慣在外面看到的賓妮塔有多提振人心了，在她面前，周圍的人都能展現出他們最好的一面。她冷靜地管理著持續進行的各種活動，同時還要拿出熱情來迎接客人，不斷下達指令，並為即將進行的下一步做好準備。那個如此自信、如此厲害的賓妮塔，原來只是我以為我認識的她的一個面向，我誤以為那一部分就是全部的她了。然而，另一面向的賓妮塔正躺在黑暗房裡的床上，心碎又絕望。

這樣的差異如此巨大，我得花了好一會兒才能相信自己所感知到的。一個人怎麼可能在房間外表現出一個樣子，但在房裡卻是截然不同的樣子呢？我們一起躺在她床上時，我發覺她很無助，也很煩惱，不快樂的感覺好像都要從她騷動的身體姿勢中滲出來了。

那一日，她坐在水療中心接待室的桌子前，敲著筆記型電腦的鍵盤。有好幾次，她的目光從螢幕上移開，望向遠方，我看見了螢幕的藍光返照出那種心碎的痛苦。不一會兒，我走到她身邊，用我的身體摩蹭著她的腳踝。

「尊者貓！」她傾身用右手撫摸我，左手擦拭著眼角淚水。「我的小天使。來守護我了。」

雖然這個說法很令人受寵若驚，但事實並非如此。親愛的讀者，你比誰都清楚，我既不是天使，也不具備什麼守護力量。但是，看到賓妮塔這樣子，我也覺得心煩。因此，大約一周後的某日下午，我去找她時，發現她與瑟琳娜正在花園裡談心，我才鬆了一口氣。

「須摩提水療中心」的幾處花壇皆以自然流動的風格陳設，於是打造出有棚架的小角落和被樹蔭覆蓋的小空間，有些地方擺放了桌椅，有些則設有原木長椅，或是打造了水景，在砂岩塊之間引出一股潺潺流水。

我是在比較後面的某處看見她們的，這兒離主屋很遠。三歲的瑞希正在附近的草坪上玩耍。這裡正是說說心底話的好地方。賓妮塔身著翠綠色紗麗，頭上紮了優雅的髮髻，看起來十足就是水療中心主人。但是，當我走近時，從她毫不防備的舉止，加上瑟琳娜認真的神情，我猜想她們並不是在談工作上的事。

「這不是妳該自責的事。」瑟琳娜說。

「我以為我已經把它全都拋在腦後了，」賓妮塔搖搖頭，「把它留在德里，它的歸處。我想在這裡開始新的篇章。乾乾淨淨的一頁。」

「當然要這樣。」瑟琳娜低頭看了一眼。她們坐在一個足球大小的石球兩側，晶亮的流水從石球頂部湧出，沿著兩側平穩地流到下面的方形石槽。不巧，這正是大熱天裡貓咪最想解渴的理想去處。

瑟琳娜卻對我視而不見，而是盯著水面，然後說：「妳知道嗎，妳可能正在經歷一段悲傷的過程，而這是再自然不過的。我指的並不一定是在悼念阿爾罕喔！我知道妳對他的感情很難說得清楚。我指的是妳整個生活狀態，是妳和女兒們當做是常態的這一切。妳知道悲傷有七個階段嗎？」

「聽過。」

「第一階段是否認、懷疑。接下來是痛苦、憤怒……」

「在德里的時候，非常憤怒，」賓妮塔點點頭，「尤其是我們淪落到住貧民窟那時候。我對阿爾罕的謊言和欺騙感到憤怒！憤怒就像是一股讓我繼續前進的能量。我下定決心絕不讓他毀了我們。熙瑪，」她提到了她現年二十五歲的大女兒，「還是很恨他。」

瑟琳娜邊沉思邊點頭。

「憤怒之後會怎樣？」賓妮塔問。

瑟琳娜與她四目相對，「會憂鬱。」

賓妮塔翻了翻眼珠子說：「那麼，我成了教科書裡的案例了嗎？」她表情扭曲苦澀。停了一會後，她說：「我們來這裡之前，每天都要打仗才能活下去，沒時間多想。後來，席德和妳來拯救我們，還把我們帶來這個美妙的地方。」她環顧四周時看見我，於是伸出手來招呼我靠近她。我走過去後，便用頭輕輕撞她的腿，然後用全身滑過她的腳踝，再朝瑟琳娜走去，也向她打招呼。

「我的確有責怪自己，」賓妮塔很確定這一點，「因為我一直都懷疑事情不對勁了，卻選擇什麼都不做。從一開始就有許多小線索的——其實也不算太小。但是，我都沒有戳破他，我選擇了視而不見。我和他的投資者、債權人都一樣，都想相信他說的謊言，即使知道他正在撒謊。」

「可是，身為年輕的女孩，」瑟琳娜反駁道：「特別是在印度，對丈夫忠貞的觀念，在我們心中是根深柢固的。」

「要忠貞，」賓妮塔表示同意，「但不是愚蠢。的確要怪我自己，因為是我讓女兒她們遭遇這些事情的。不僅是讓我自己失望了，我也讓她們失望了。」

她們沉默了好長一段時間。期間海蒂正在上一堂戶外瑜伽課，引領學生們練習瑜伽的串聯動作，她的聲音從草坪的另一頭飄了過來。

後來，瑟琳娜說：「好吧，或許妳確實有錯。」她凝視著賓妮塔，「或許妳錯在信任他，錯在沒戳破他的謊言。但我們都是平凡人，都有自己的弱點和做不好的地方。我們所能做的就是汲取教訓，繼續前進。一心只想著負面的事，會有什麼好處嗎？」

賓妮塔整了整身上的紗麗。「我覺得妳說得很對，」她說：「還有，大多數時候，我都會讓自己忙到沒空想這些事。」

「這樣就對啦！」

「不知道這樣子是不是也是一種逃避？」

瑟琳娜露出狡黠一笑。「我有位心理學家朋友常說，鹿一看到老虎就逃跑，我們不覺得那是愚蠢吧?!有時候，逃避才是正確做法。」

「除非老虎跑得比鹿快。」

「對，」她點點頭又說：「逃避可能只是個暫時的解決辦法。即使能擺脫某個情況，如果沒有從根本處解決問題，同樣的事或類似的事會一再發生，那只是遲早的問題。」

我跳到瑟琳娜身旁的石頭上。她講到逃跑和迴避，我立刻想起了羅威納犬。他們撞向柵欄狂吠，激起了我的憤怒。為了避開他們，我繞了很長的彎路。是的，我繞過他們，也避開了他們來引發我的憤怒。如果「避開那個讓你憤怒的原因」並不是最好的解決辦法，那怎麼做才是呢？

「我的憂鬱，佛教有什麼解決辦法呢？」賓妮塔問出了口。

瑟琳娜看著她，苦思著。「辦法有很多，」她說：「物以類聚，人以群分。我不擅長決定誰適合做什麼。」她望向遠方，半晌才又說：「但是，整體上的做法，通常被稱為『反向練習』。」

賓妮塔把頭偏向一邊，繼續徵詢意見。

「這個概念是：我們的心在自然狀態下，是完全清楚的。無論什麼東西放在心的面前，他們都會反映出來。讓心只反映『我們從外在世界看到的東西，肯定是我們不快樂的原因』，因為現實的本質、輪迴的本質，即為各種不同類型的不滿足。根據《俱舍論》（*Abhidharmakosa*）的說法，這個世界已被汙染。即使我們的生活中有一些真正美好的事物，也總會有不滿足的原因，甚至是深深的痛苦。」

瑟琳娜聳聳肩又說：「所以，解決這個問題的方法，就是把你的注意力轉移到別處。帶著這顆清晰了解的心，它會反映出它所看到的一切，所以就能給它一些能提升自己的東西。」

「訓練心念？」賓妮塔想確認。

「沒錯。在藏語中有一個字『ga』，意思是幸福——從滿足感一直上升到純粹的至福或喜悅。而『mi』的意思是『不』。所以『mi ga』就是『不幸福』。『幸福』和『不幸福』就像油和水，永遠不會融合，不能共存。妳不可能同時感到幸福和憤怒。」

賓妮塔很仔細地聽她說話——本貓也是。

「憂鬱是一種仇恨的形式。倒不是因為『恨別人』而帶給自己痛苦，而是『恨我們自己』。任何負面思考最大的危險在於，它很容易變成習慣。一旦我們逐漸習慣了負面思考，它就會成為我們的常態，我們對現實的整個視野也都會被它上了顏色。從物質上來說，即使我們身處於美好的地方，我們仍會感到憤怒或憂鬱。」

我知道這是真的。今天我來這裡的時候，走在綠意盎然的路上，我還是一直對那兩隻逼迫我繞道而行的狗耿耿於懷。我之前去找過賓妮塔幾次，我知道她休息的床、她的房間、廂房，在許多人眼中，住在這棟房子實為住在最豪華的宮殿裡了。然而，她卻感到憂心忡忡。

瑟琳娜繼續說：「要對抗憤怒或憂鬱，要阻擋憤怒或憂鬱變成習慣的方法，就是進行『反向練習』。要去找出我們的心靈解藥，一件真正能帶給我們歡喜、真正提升我們的心靈和思想的事，並選擇專注於此。」

「心靈解藥？」賓妮塔問。

「對。」

「比如說？舉個例子吧！」

「比如某件我們知道是『真』的事情，而且這件事會讓我們開心。就好比『我有自由可以選擇怎麼想』，或者說『最好的還沒到來』。」

賓妮塔看起來很驚訝，「這些話聽起來根本一點都不像佛教思想。」她說。

「不需要像佛教思想啊！任何人都可以使用反向練習。最重要的是，要找出對我們自己有意義的解藥，若妳喜歡，也可稱它是『心靈護身符』。那妳一整天都可以憶念它——尤其是快要掉進危急的狀況時。我們刻意用一個正面想法取代負面想法，並放到清楚的心面前。我們所做的就是吸引正面能量，有益的能量，能提升妳的能量。」

瑟琳娜在解釋「吸引力爪則」這一重大關鍵時，賓妮塔凝視著她，緩緩地點頭。

「我們做愈多練習，對正面想法就會愈熟悉，又因為『念念相續』，那這個想法就愈有可能在未來自發性地出現，正面想法就會開始愈來愈去影響我們的真實體驗。我們是透過心態的鏡頭在看世界，就像戴著太陽眼鏡一樣。我們刻意選擇正面觀點，而不選負面觀點，否則就會陷入負面思考的漩渦中，讓一件不愉快的事引發另一件，在能意識到問題之前，一切早已成了痛苦的根源了。」

瑟琳娜說話的時候，賓妮塔的臉上閃過好奇而飄渺的神情，接著，眼中透出一抹光彩。

「我喜歡『心靈護身符』這個觀念，」最後她這樣說，「還有啊，剛聽妳說話的時候，有件事很奇怪喔！我想起了一位苦行僧，從我小的時候他就一直很常來我家。已經很多年都沒想起他了，」她搖著頭又說：「但我剛剛又想起他。我不肯定他是不是也給過我同樣的建議，但我有這種感覺，一種直覺，就好像此刻他就在拉著我的手說：『對！妳要聽她的。這就是妳要做的事！』」

賓妮塔看著下方，眼裡滿是淚水。瑟琳娜伸出手來緊緊握住她的手。

過了一會兒，賓妮塔問道：「妳有自己的護身符嗎？」

瑟琳娜點點頭。「藏傳佛教徒很幸運。我們有很多護身符可供選擇，我們稱那個是『美德目標』，美德是一種素質，能帶給妳幸福。我們主要的護身符是『菩提心』——『為了一切眾生，我想獲得覺悟』。或者，我們可以憶念『我多幸運啊，今生能夠享受擁有閒暇與財富的生活！』這句話，或者『我那樣去想，就會成為那個。』或者『我的上師比諸佛對我更仁慈。』」

賓妮塔揚起了雙眉。

「這些主題可以結合冥想，我們愈是去喚醒它們，它們就愈能改變我們的思惟。」

瑟琳娜講話時，她似乎再次喚起了賓妮塔心中相對應的智慧。

「那位聖人曾經教過我一個很類似的概念，」她微笑著說：「我記不清了——很久以前的事了。大概是說『在這座梵城裡有一個蓮花聖殿』，意思是說，在我的身體裡，」她將手指放到心口，「有一個地方，我可以找到平靜。」

她凝視著瑟琳娜，很久很久，然後雙手合十。「瑟琳娜，謝謝妳的智慧。」

「哦，這不是我的智慧。」瑟琳娜趕緊糾正她，「但我很高興能把它傳遞出來。」

「也要感謝尊者貓來找我好幾次。妳知道嗎，」她的目光從我身上轉向瑟琳娜，「我心情低落的時候，這個小寶貝來找過我好幾次。我覺得她有感知到了一些東西。」

瑟琳娜伸手撫摸我。「我相信妳說得對，」她說。「仁波切是最有洞察力的小動物。」

那天下午，我選擇了直接回家的路，就是走過這兩隻狗面前。他們一如往常折磨著每一個路人，對騎自行車的人或遛狗的人還特別兇狠。我知道，他們的暴力行為，只不過是在我經過時的暖身表演。但我下定決心做到不生氣。畢竟，我已經有了我自己的新護身符了。這是一個我不需要去尋找的護身符，因為當瑟琳娜為賓妮塔舉例時，它就出現在我腦海了。「我好幸運能夠成為達賴喇嘛的貓！」我知道這是真的。這個想法總是為我帶來幸福。而且不僅僅是在大腦層次上有意義。我這一身有點發福、動作不穩、老態畢露的軀體裡的每一條肌肉，都感受得到這一點。

繼續走過地獄之門時，我選擇了堅定一心只想著這個提升我的想法，而這是我以前不曾想過要做的事。

羅威納犬跑出來，瘋狂吠叫。但這一次，我的耳朵不再往後緊貼，我沒有被嚇得亂跳，甚至也沒加快腳步。若說有什麼不一樣的地方，那就是我退回到悠閒的步調，同時細數著我的大好福氣。朝裡頭一看，發現二犬雖被拴狗的繩索約束，卻仍竭力嘶喊。拴緊他們的繩索，其實根本不讓他們碰到柵欄或大門。事實上，不會有人被攻擊，只是狗在吠，狗卻什麼都咬不到。

在我走過那棟房子、吠叫聲漸漸變弱的時候，我對二犬的看法改變了。他們確實很瘋又超兇，但是，也是有他們的可憐之處。因為我渴望一再嘗試「消氣護身符」的力量，所以後來又見過他們幾次。我走過他們家大門時，因為已不太容易受到他們狂怒的影響了，所以就能多留意到他們的一些事情——暗淡的皮毛，瘦巴巴的骨架，說實話，他倆活得毫無希望。

之後，我去賓妮塔的房間找她時，她並沒有躺在黑暗中，而是坐在床上閱讀一本書——《奧義書》（*The Upanishads*），書封設計得十分精美。除了她的香水味，我立刻聞到了一股檀香味，也很快就查出了香味的來源。在她的梳妝台上，在生動的象神甘內什（Ganesh）的神像面前有一炷香，上頭有焚燒的亮光。

「尊者貓，我找到啦！」她拍了拍她身旁的床位，我便跳了上去。「聖人常常念誦的這節經文。」

她放下書本，閉上了眼睛。顯然，她正在背這首詩。「這座梵城裡面有一座蓮花形狀的小神殿，裡面有一個小空間，」她引述道：「心中的這一小小空間，有如這浩瀚的宇宙那樣浩瀚。這裡有天與地，還有太陽、月亮和星星；也有火、閃電和風，還有現在與未來的一切——所有一切都包含其中。」

她一背完就轉頭看著我，雙眼有光。「很美，不是嗎？」

我走過去用臉蹭她的手，她隨即來撫摸我。

「太陽、月亮和星星，現在與未來的一切，這就是我們。不是嗎？這就是我們真正的身分。不僅僅只是一個坐在床上的人而已。這是我的護身符。」

我就呼嚕嚕了。

「我想它一直都在。但不知何故，我曾失去了它。然後，瑟琳娜把它帶回來給我。尊者貓，我們是多麼幸運啊！」

瑟琳娜告訴我們的事確實是真理。我們的心念就像一面玻璃，會反映擺在它面前的任何東西。專注於黑暗與不和諧，除了痛苦之外，還能反映出什麼？拓寬視野，去看看有什能東西能提升你、滋養你，結果同樣是可以預期的。

我好幸運能夠成為達賴喇嘛的貓！

同樣真實的是，愈是刻意去回想某件事，它就愈有可能在一天中的不同時間，毫無緣由地突然出現在你腦海。大喇喇地仰躺在「喜馬拉雅·書·咖啡」的雜誌架頂層時，我冥想著我的心靈護身符，因「今日特餐」的催化而小寐一下時，仍能感受到內心持久的溫暖之光。

瑟琳娜曾說過，把護身符與針對某個主題的冥想結合起來的時候，它會獲得一種特殊力量。當肚子吃飽飽，環境又舒適，要反思我的好運很容易。然而，一說起我自己的心靈寶藏，其力量並非源自於「我是尊者貓」這個身分所給予我的各種款待與寵溺。也不是來我們家拜訪的名人和靈性導師，雖說他們仍持續地激發我的好奇心。都不是這些。我覺得自己很幸運能夠成為達賴喇嘛的貓，其中最重要的原因是：我是透過他而經歷了這一切。這一門知識——實相，最主要是由心念創造出來的。

他與人們的會面大多轉瞬即逝，卻仍明確表達此一真理。此一真理對個人來說是顯而易見的，甚而在幾千名受眾眼中，亦復如此。而到了只有他與我的時刻，每日清晨一起冥想，那是多超凡啊！有一位具備寬闊心靈的智者，輕鬆地常住於無限利他的境界，每天與這樣的人共處幾小時，除了體驗無限的幸福之外，還會有其他什麼可能呢？

我好幸運能夠成為達賴喇嘛的貓！

親愛的讀者，這是我的心靈護身符。那你的呢？

第五章　貓形狀的筆夾

進步的真正跡象是：無論我們處境如何，都能感受到一種輕鬆、一種內心的平靜，因為滿足感並不是來自外界，而是源自於內在。我們開始更關心他人，無論這些他人是誰，老年人、孩子或正在掙扎的動物，當我們的慈悲心升起時——這就是你進步的另一個重要跡象。

推動我們踏上心靈之旅的，是種什麼樣的力量呢？做了幾星期、幾個月，甚至好幾年的事，原本都沒能產生一丁點兒特殊的感覺，但這一模一樣的事，某一天我們就感受到最驚人的狂喜與最深刻的理解。為什麼會這樣？我們可以做些什麼，以便更頻繁地獲得這樣的體驗？或加速它的到來？若能如此，那麼，這種特殊能量是什麼？這種以超然大樂的多重感受點燃我們的珍貴火花到底是什麼？

身為達賴喇嘛的貓，你可能會期待我對這一類話題很有了解，對嗎？那你可就說對了。只不過，更重要的是，我自己確實就有這種經歷。顯然都是在不經意之間，包括剛剛才過的上星期。尊者每天凌晨四點起床後就進行四小時的冥想——這是從他年輕時，在拉薩的僧侶時期開始就維持下來的修練。在這些冥想期間，我會陪伴著他，有時候感覺真的好久喔！不過，我不時會小睡一下。

其他時候，好比上週那個清晨，時間本身似乎消失了，變得無關緊要了，彷彿它一直都只是一些瑣碎的、虛構的概念。取而代之的，是一種超乎文字所能形容的感覺。

該怎麼形容呢？或許可以用一個比喻來說明。

你是否曾經因「太陽捕手」（suncatcher）投射在牆壁或地毯上的絢麗小彩虹而驚歎不已？你是否曾經嘗試抓住彩虹——那個耀眼卻又瞬息萬變的寶石，你撲過去，它就一邊閃爍、一邊旋轉著從這邊跑到那邊去？或者你曾經想像過，要是能成功地用爪子握住一道彩虹，那該有多開心啊！

親愛的讀者，別只是想像它，還要消化吸收它。要嚥下這個最迷人的戰利品。要讓彩虹的光照滲透進你全身，散發出正面情緒，強大且變化萬千，要讓你整個存在盈滿著喜樂光明，好似隸屬於不同次元。然而，「此時此地」是重中之重。

這就是在這樣的時刻會有的感覺。至少，對我來說是那樣。那種無窮喜樂，與我日常所感受到的快樂，層次不同，也與物質的東西無關。其實，它遠遠超出了那個。但在發生的時候，你感知不到任何其他的存在感覺。你會感知到宇宙全部，從你頭頂上最廣闊的空間，到你四周牆壁上振動的原子，全都是神聖的。

那天早上，那種揚升的感受開始消退，就像一道彩虹消融、退回到不知名的地方。餘暉尚存，我知道我已經歷了奇蹟之中的最大奇蹟。就在那一刻，一道似有若無的帷幕被拉開了，我瞥見了關於我自己和我周圍事物的究竟真相。我歪著頭看向達賴喇嘛時，他也正直視著我，微笑著。

他的冥想已經結束了，但還沒有從坐墊上站起身來。我站起來，高舉著尾巴，逆時針繞著他轉了一圈。我用尾巴擦過他的身體時，並不是有意識地在思考，但我的尾巴振動起來，就像有電流經過一樣。這就是針對剛才的感受，我不由自主湧現的感激之情。

我繞到前方，站在他面前，我們的眼神再次交會。他完全了解我剛剛經歷的事，這一點我毫不懷疑。或許，他每次坐下的時候也是一樣的。他彎下腰來，雙手捧住我的頭，親吻我的頭頂。

然後，唸了一段他經常唸的禱文：

「願珍貴無上的開悟心，在未培養者的內心得以培養；在已培養者的內心不會減少，而是持續增長。」

這些是我經常聽到尊者誦讀的經文。但那天早上，它們似乎含有特殊意義。一整天，我一直有種非凡的揚升感。無論是我在窗台上觀察人間，達賴喇嘛在書桌前工作，或是那天晚上溜到外面庭院，當我看著、聽著早已熟悉的景象和聲音時，似乎都有點兒不一樣了。感覺上，它們多了一種開心，即使是最平凡的活動，也都是更廣闊、更神聖的開展的一部分，一切完全都是它應該有的樣子。

黃昏降臨時，我懶洋洋地躺在寺院台階，享受著溫暖餘輝。天空逐漸從灰橙色轉變為成熟的櫻桃深紅，最後所有的顏色都消失，只留下一大片淡藍色畫布，夜晚的首批晶亮珠寶開始一閃一閃散發著光芒。僧舍那一頭，沿著建築物兩側出現了溫暖的方塊橙光。從市區吹來一陣晚風，挾帶著千戶人家的煙火味兒。近處傳來僧侶們腳下的涼鞋聲響，他們正在濕擦、抹乾寺院的入口和台階；然後打開兩扇大門，門上有精緻的黃銅把手，展示著八件吉祥物。沒多久，第一批來上當晚課程的學員就到了。

晚上時段，大多是尊勝寺的僧侶在使用大殿，但每逢週二，旺波格西有公開課程，所有人都可以參加。是因為「下犬瑜伽學校」固定來上課的那些人出現，我才記起現在是週二晚上。陸鐸是瑜伽學校的創辦人，他一頭銀色長髮，背脊挺直，陪在一旁的是背托特包的梅若麗、穿著他的招牌網球鞋的尤因．克利斯普林格，以及擁有嬌小的流線型身材、一頭烏黑捲髮的蘇琪。

旺波格西是尊勝寺最受敬重的喇嘛之一，是一位「格西拉然巴」（Geshe Lharampa，藏傳佛教格魯派格西的最高學位），這意味著他已達到學術上的最高等級。他也是最受喜愛的喇嘛之一，週二晚上的課備受尊勝寺僧侶的歡迎，他們很快便蜂擁而至，涼鞋散落在廟門兩側。不僅如此，鎮民們也喜歡他的課，因為他教學清晰，而且他偏愛與學員互動，而不是一個人唱獨角戲。

「喜馬拉雅．書．咖啡」的老闆法郎此時正走上台階，他身旁跟著里卡多與他的女友海蒂。席德、瑟琳娜和春喜夫人正要踏進尊勝寺大門時，碰巧書店經理山姆也來了。他們四人邊聊天，邊往裡邊走，還停下來撓我脖子癢癢、問候我，春喜夫人又再一次重申我是「有史以來最美生物」。

有時候我也會去上課，但今天晚上還沒決定要不要去。至少，要等到我聞過了某種獨特的氣味再說。那是一種迷人的異國情調，但我以前聞過。而且，不久前，它還讓我聯想到地勢崎嶇、陽光普照的國外風景，有各式果園和百花青翠茂盛。

我站起來，鼻孔開闔著，一轉身就發現，這股香氣的來源，正是幾天前在書店咖啡館遇到的那位穿亞麻夾克的歐洲人。他在山姆、席德和瑟琳娜身後幾步遠的地方，也伸出手來溫柔地摸摸我。

山姆正要脫鞋。他這麼做的時候，便留意到了這位他身後的男人。

「哦！」他笑著說：「你來啦！」

「我想給自己一個安安靜靜的晚上。」男人回話時有某種淡淡的口音，「所以，我就想說，為什麼不來上課呢？」

「你同事呢？」

「都回家了。」他正在解開布洛克鞋的鞋帶。

「嗯哼。」

「多給自己一週的時間。」

山姆正要跟著其他三人進入大殿。「你有想的話，也可以跟我們坐在一起喔！」他指指裡面。

他點了點頭。彎腰脫鞋時，還看了我一眼。從我們眼神交會的那一刻起，我就感覺到與此人有所連結了。他不僅是個愛貓人，也是一位結合敏銳智慧與藝術家情感的人，是一個花了大量時間在探索祕道和密室的人——這講的是現實生活或只是個比喻，就不好說了。然而，這個四十多歲、黃棕色頭髮、棕綠色眼睛的歐洲人，儘管外表如常，但我很肯定他是一個有很多祕密的人。

電光火石間，我知道我得去上課了。跟著他走進大殿後，我們順著中間走道走到離最前面大約還有一半距離，就是山姆和其他人就座的那一排，大家都坐在紫紅色蒲團上，上頭繡有金色蓮花的圖案。不久，這位客人就坐在我左邊，山姆則在我右邊。

排排坐的學員之間一片靜默，卻有勃發之氣。在這個奇妙又寧靜的聖殿，瑟琳娜、席德和春喜夫人依次坐在在山姆右側。閃爍的酥油燈照亮了前方諸佛金黃色的面容。香火從佛桌上飄來，引人靜思。氣氛充滿了期待，卻非常安靜，你可以聽見，唐卡底部的木釘在晚風中輕碰牆壁的微微聲響。

旺波格西到了，他有西藏人那種圓潤健壯的身形，散發出來的能量既神清氣爽，又融化人心。他在諸佛面前頂禮三拜才坐到法座上。這位喇嘛誦完課前的禱文和咒語之後，便睜開眼睛，看著他的學生們。他從容地環視四周，彷彿審度著在這裡的有誰，以及如何好好地與他們連結。

「我們每一個人都希望得到開悟，」他開始說道：「或者，最少最少也要朝著這個目標有所進步。」他的聲音不大，卻低沉柔和。一如既往，從他第一句話開始，聽眾就完全被他所說的話吸引住了。

「我們可以做很多的練習。大家都知道，我們並不是『一體適用』的傳統。根據你的性格，無論你喜歡參與世事或是把時間花在閉關上，喜歡閱讀和學習，還是做務實的事——那都沒有問題。我們有很多方法，全部都有助於品質的養成，推動我們實現開悟的目標。那個品質就是……」他稍作暫停，以便強調他接下來要說那個字：「德。」

「佛教的基本觀念是：我們的現實是心念投射出來的。『輪迴』和『涅槃』與其說是實體場所，不如說是心靈的不同狀態。即使是日常生活，在同一個房間裡的兩人，也可能有一個人非常痛苦，另一個人卻正經驗著深深的幸福感。這兩種不同的狀態並不是因為那個房間，也不是房裡所發生的事情，否則的話，他倆應該會有同樣的感覺才對。是『心念』決定了幸福與否。如果我們的最終目標是體驗開悟的大喜樂，那我們就要去養成這樣的因緣，亦即『大德之心』。」

格西拉（Geshe-la）簡要地解釋了業力法則、因果法則，養成不善的思想、觀點、習慣、言語或行為只會導致痛苦；以及相反的，所有的享受和幸福感，都是先前所做的善業的結果。

「這很簡單。是佛教一〇一基礎課程，」他微笑著說：「我們肯定都明白。今晚我想談的是『善業』以及推動我們走向開悟的『德』之間有何區別。你可能是全世界最善良的人，」他坐著往前傾，聲音因話意的重要性而低沉下來，「永遠都把你的時間、精力和物質布施給別人，可是卻沒有創造出開悟的因緣。誰能說一下這是怎麼回事？」

不一會兒，坐在前面的一位比丘舉手。

格西拉向他點頭後，他便答說：「沒有菩提心，」接著又說：「他求開悟的意圖裡面並沒有想要利益他人。」

「對，」格西拉說：「這就是動機的重要性。而菩提心是慈愛的終極體現，沒有比這個更高的了。」

我想起最近在春喜夫人新建的小屋舉辦的茶會，她告訴大家，達賴喇嘛給她的建議是，每次她烤蛋糕、做飯或做什麼事的時候，都要憶念菩提心。她把尊者的建議牢記在心，後來憶念菩提心就成為她的習慣了。為了利益眾生，願這一點能成為開悟的因緣。而今，這個詞語經常在她的腦海中反覆出現，已經成為她的一部分了。

「除了菩提心之外，還有一個特別的什麼東西應該一起憶念呢？」旺波格西正在徵求另一個人回答。

這一回是隔了幾個座位遠的席德，舉手的同時他說：「空性。」

「對，沒錯。」旺波格西看著他的雙眼，「憶起空性是必要的。這也是我們一整天練習憶念的東西。理想的情況是，不停憶念，直到它成為你的一種持續認知。」

我身旁這位歐洲客人的右膝上有一個漂亮的皮革本子，他把羊皮紙翻到空白的一頁，同時從夾克口袋裡取出一支閃亮的鈷藍色鋼筆。他受到格西拉的啟發，很快地打開了鑲金的筆蓋，他的手在頁面上快速移動，寫下了幾行我從未見過又極其優雅的黑色字體。

「好比說，我們做善事時，當我們想起，並沒有一個本然存在的我，在為某個本然存在的他人做某一件本然存在的善事，這樣子，我們便創造了一個開悟的因緣。」格西拉沉默了很長一段時間，讓大殿裡的每個人都有時間處理這些訊息。

「究竟，什麼是開悟？」他繼續說：「這個字的意思是『覺醒』。從什麼當中覺醒？從幻覺中醒來，就是『我們所感知的事物』與『我們自己的心』有所不同的這種幻覺。這就是為什麼，我們在憶念空性時所採取的行動，可稱之為『有覺醒的行動』，也是我們能體驗覺醒狀態的因緣。不憶念空性的話，善行仍會有善報，但這些果報是在輪迴中成熟的。這種果報會帶來世俗的享樂，例如財富、長壽和各種愉悅之事，但仍然是帶著對『本然存在』的錯誤認知，而這本身就是痛苦的因緣。」

我想起了另一個場合的事。那個風雨交加的下午，在「喜馬拉雅·書·咖啡」，瑜伽士塔欽對海蒂解釋的空性，是用貓糧來做比喻的。就是說「貓糧」只是一個標籤，並沒有本體性，而且處在不斷變化之中。就像我們一樣。無論你有多努力，你永遠找不到有一點兒什麼東西是永恆的、獨立的，或是靠它自身而存在的。

「佛法說，我們需要這兩張翅膀才能飛到開悟，」喇嘛上下彈動左手食指和中指，「『菩提心』與『智慧』。我們需要動機，即覺醒的意願。」他朝那個回答他先前問題的僧侶的方向點了點頭，又說：「而且，需要了解事物存在的道理，」他看著席德的眼睛，「空性，這會抵消我們習慣的無知。」

客人繼續寫筆記，很快地就在他的本子寫了滿滿一整頁的字；不僅字形一致，而且，還有漂亮的螺旋形狀和花邊裝飾。他寫筆記時，大紅絲帶書籤的末端有一顆小小的金色星星從奶油色的書頁之間露了出來，一直在離我只有幾公分的高處晃來晃去……親愛的讀者，那個東西讓我耗盡了積累多年的定力才沒撲過去。但是，我們的客人一停下筆，做深呼吸、挺直上身並看向法座時，我的機會來了。我站起來，把左腿放在他的右大腿上作為支點，然後傾身向筆記本，拍打絲帶末端的星星，接著靈巧地用右爪抓住，再把它湊到我的鼻子上，好奇地嗅個不停。

若說這個男人有被嚇到，那他並沒表現出來。不過，他確實低頭看了一下——而我感覺到山姆也是，還有其他坐得更遠的其他人。過了一會兒，我甚至察覺到法座上旺波格西也在注意我。我抬起頭仰望這位字跡娟秀的歐洲訪客，還有他醉人的綠色眼眸。然後，在他身邊坐下來。

有人提了一個問題。

「有時候你會聽人這麼說，」瑜伽學員尤因用他淡淡的加州口音說：「人一定是自己可以從中獲利，才會去行善。譬如說，就算你做人很慷慨，但是你的行為也會有自私的部分，因為你只是想要自我感覺良好，並讓人覺得我有多麼善良、高尚而已。」

旺波格西一邊聽著，一邊連連點頭。

「但是憶念『空性』就是那個對立面，不是嗎？因為沒有給予者，沒有接受者，並不是自己給出去什麼。」

「的確是這樣！」喇嘛表示贊同。「空性是自我感的反面。自以為是，我們很可能會有的優越感。如果能明白並沒有真我可以追尋，那我們就不是在為『我』做這件事了。」

沉默片刻後，有人出聲發問：「但我們多多少少是這樣的，不是嗎？」有個很特殊沙啞的聲音傳來，是瑜伽學校的梅若麗。她是個不墨守成規的怪咖、心胸寬大、很衝動、不受控，從來不迴避表達不同的觀點。「未來的我，」她說：「因為善行而受益的我。」

「這是傳統觀點，」旺波格西即刻回應道：「這種觀點執著於一個『獨立的自我』這樣的概念。但是，我們希望能擺脫這種觀點，因為從根本上來說，它是不正確的——也是我們痛苦的最大原因。」他的語氣很溫和，卻很堅定。

梅若麗還是不相信。

「這個未來的我，」他質疑道：「在哪裡可以找到？」

她聳聳肩說：「很明顯，此刻還不存在。只是一個概念。」

「只是一個概念，」他挑戰她說：「就像『現在的我』也只是概念一樣。」

她做了個滑稽的表情，然後說：「如果一切都不是表面上看起來那樣，一切都只是概念，那何必去做什麼事呢？全都是在白費功夫而已，」聽起來她對這一點感到相當煩惱。「不妨在我們發現幸福之處好好掌握，活在當下，把握今天。」她說完後，大殿裡有一陣尷尬的笑聲蕩漾著。

「很好。」就好像是格西拉哄著梅若麗說出了大多數學員永遠不敢說出的話，也許還有其他人跟她一樣感到挫敗？

就像之前的課那樣，我們又回到梅若麗的人生會反覆出現的課題。正規的心念訓練有其必要嗎？難道你就不能只是活在當下，盡可能地只是活著就好？為什麼你一定要、一直要牢記那個願望：為了利益他人而開悟？

一談到覺醒，「簡單安住於當下」這個很棒的禮物為什麼就不可以呢？

「在座的所有人，」旺波格西的表情很有耐心又寬容，他說：「我們對輪迴有著非常深刻的體驗，我們都是有閒暇又有福報的人。當然，我們也經歷一點苦，但都在可承受的範圍內。或許我們有些人大多時候都享有滿足和幸福。」

客人再次在他本子上快速流暢地寫筆記。我注意到，那個絲帶書籤沒有在我面前晃來晃去了。

「但是輪迴的經歷，」格西拉繼續說道：「肯定會結束的。這一生，我們可能會失去一生摯愛，可能是我們親愛的孩子，也可能是我們自己患上絕症。即使擁有充實且長壽的一生，那也會有結束的一天。如果一直沒放掉固有的『自我感』，你那個珍愛的『自我』將會把你推進未來，再次投生。如果善業剛好成熟，那或許會投生到好人家。但也有可能是不那麼好的人家。即使有非常非常好的出生背景，我們也會再一次發現，又來到了現在這種狀態，這種一顆心有時上、有時下的狀態。」

梅若麗低下頭來，承認自己生活裡的情緒的確像是雲霄飛車般竄高伏低的。

格西拉聳聳肩說：「就這樣，生生世世繼續下去，若說此時此地我們是能夠逃脫的，這樣說似乎有點兒沒頭沒腦。然而，所謂逃脫指的是『改變視角』。是放掉根深柢固的思考習慣。這需要練習去應用，還有努力。就像體能訓練一樣，是一項艱苦的工作，尤其是剛開始的時候。但如果我們修『德』，這就是與輪迴相反的力量。當我們的行為動機是『菩提心』，也憶念『空性』時，」他再次輕彈左手手指，說：「我們就創造了開悟的直接因緣。不只是一般的善業所帶來的幸福條件，而是能夠開悟的業力——就好比擁有另一個獨立的銀行帳戶。我們身為了解佛法的人，每一天，都可以不斷地創造出這樣的因緣。」

這樣的一種親近感，感覺所聽到的東西與其說是刻板的教條，還不如說是一場對話，讓這位客人甚至都沒從他的筆記中抬起頭，就開始說話：「這件事為什麼這麼少人知道？」他的話音裡透著難以置信的味道——他一臉驚訝的表情也很明顯是這樣——而且，他也被自己這樣的表白嚇了一大跳。他抬起頭來的時候，是以有點抱歉的樣子望著旺波格西。

格西拉對這樣的反應已經相當習慣了，他流暢地答說：「因為他們沒有足夠的業力知道這一點。佛陀自己說過，要擁有像我們這樣的人生，有時間、有志於學佛，就像一隻瞎眼又跛足的烏龜每一百年從大洋深處浮上來，又要剛剛好把自己的脖子伸進一個漂浮在海面上的金環，可以說那是不可能的事。」

客人正在抄寫剛才這份深刻的理解。我回想起達賴喇嘛曾經告訴「印度三十歲以下十大網紅」說，如果她們真的想讓自己的生活變得有意義，可以開始修練「菩提心」和「空性」。

我們前面兩排的地方有人舉手。
「好。」旺波格西做了個手勢。
「創造善因，卻沒有憶念『空性』，」是一位印度婦女在問：「這就是我聽人家說的『不良善業』嗎？」
格西苦笑。「這我也聽說過，」他說：「但即使是不良善業也比惡業好得多！不過，如果同樣的行為能讓我們創造開悟的因緣，」他意味深長地點點頭說：「那為什麼要錯過這個機會呢？」
她雙手合十放在心口。
「佛教說的德行好像跟我們西方人知道的不一樣。」另一位遊客說道，這一次，聽他的口音是英國人。「在我的國家，德行有很強烈的道德意涵。人們口頭上都支持德行，但實際上，很多人會覺得講德行是有一點過時了，也是一種難以實現的理想。那你認為德行是修行的核心嗎？」
「當然。」旺波格西點點頭說：「沒有德行，就不會有轉化。」
「那有德行的話，」遊客繼續問道：「我們就可以期待看到進步的跡象嗎？」
「你指的是什麼跡象呢？」格西問。
遊客停頓了一下才說：「我想，是高峰經驗。某種狂喜，與一般完全不同的喜悅。」
我鬍鬚發麻，立即回到了那日清晨的冥想時段。時間已然消逝，喜樂在我內心湧動，那種感覺就好像有某種內在的「太陽捕手」在散發著愛的光芒，既全面又有力，把我轉化了。我是真的能明白這位遊客的意思。

「這些東西你稱之為……跡象。」旺波格西點點頭說：「有這種跡象是很不錯的禮物，」他微笑著聳聳肩說：「有時候，是會有這些跡象。但是，這並不見得是靈性上有進步的跡象。」

接著，為了回應這名男子一臉疑惑的表情，格西說：「吸毒者也有這樣的經驗吧？」

這位客人改變了他在墊子上的坐姿。

「如果我們追求不尋常的境界、強烈的狂喜。如果我們追求超凡脫俗的體驗，以及無法解釋的現象。這就好比是靈性的旅遊，對嗎？湊熱鬧。是一些能讓我們得到高潮的東西。等到記憶消退了，就又需要去尋找新的高潮，下一樁大事。」

他停頓了一會，讓自己所說的話沉澱下來，「進步的真正跡象是，」他傾身向前，面容變得柔和：「無論我們處境如何，都能感受到一種輕鬆、一種內心的平靜，因為滿足感並不是來自外界，而是源自於內在。我們開始更關心他人，無論這些他人是誰，老年人、孩子或正在掙扎的動物，當我們的慈悲心升起時——這就是你進步的另一個重要跡象。」

旺波格西的平靜與仁慈在寺院的溫柔寂靜中漫延了好一會，他的學員們——僧侶、當地人和遊客——都汲取了他的教導。就像許多佛法教義一樣，今晚的課程結合了各種觀念，然後再呈現出一種截然不同的現實觀；而同時，有價值的人生根基所在，在某種程度上又是不言而喻的。

然後格西拉雙手合十念誦，這是他總用來結束一堂課的迴向詩句，總是在最後才念誦的「四無量心」，祈求慈、悲、喜和捨：

願眾生都享有幸福，以及幸福的真實成因；

願眾生都擺脫苦難，以及苦難的真實成因。

願眾生永不脫離無苦無難的幸福、涅槃解脫的極樂；

願眾生常住於平靜與等持，擺脫執著、厭惡與無明之心念。

按照慣例，格西拉離開大殿後，當地人和遊客都會先留在原地，讓比丘和比丘尼優先離開。這位客人很有儀式感地合上了他剛剛寫的筆記本，把帶有旋轉星星的紅絲帶書籤整齊地塞回書脊，然後從時髦的藍色鋼筆頭取下筆蓋。他做這些事的時候，恰好看見山姆正在按回原子筆。他轉身面向山姆，他們四目相對。「真的非常感謝你建議我今晚來這裡。」

「是我的榮幸。」山姆說。

「你們格西說的話，」客人指向法座。「我以前上過幾次佛法課。但這些……」他的眼神流露出深深的敬佩之意，他搖著頭說：「這是不同層次的，完全不同。善業與開悟的業，我以前從未聽人解釋過這個。從某種意義上來說，解釋得很清楚。」

「我們非常幸運有他來當我們的老師，」山姆同意道。

「我也很幸運，能夠認識你。」男人真誠地說道。

他給鋼筆套上筆蓋時，山姆看著筆說：「對了，這支筆很不錯呢！」

那人微笑著把筆遞給山姆，讓他可以仔細瞧一瞧。

閃亮的筆身有藍晶色的光澤質感，深深吸引著他。還有紋飾華麗的筆尖。閃亮的筆蓋上面還鑲嵌著黃金飾物。

「好美喔！」他一邊說，一邊用兩手翻轉筆身。

「那好，你可以擁有它。」客人說。

「什麼？」山姆有點疑惑，又有點開心，便立刻把筆還給客人，並說：「太貴重了！」他說：「這支鋼筆一定很貴——我看得出來。」

但是，男人的笑容卻愈發燦爛，也不肯收回。他說：「我的公司就是製作這種書寫工具的，希望這一點有助於你接受這支筆。我回家後，換一支新筆是很容易的事。」

「真的嗎？」山姆的眼睛亮了起來。

「請你務必收下。」

山姆轉向坐在他隔壁的瑟琳娜說：「妳看，剛剛有人送我這個！」他高舉著筆，微笑著。

「很亮眼耶！」瑟琳娜與坐更遠的席德讚賞不已，然後她感激地看著訪客。「我們注意到上課的時候，有貓咪在檢查你的東西喔，」她笑著說，還低頭看了我一眼：「看來妳的品味在麥羅甘吉也是備受肯定啊！」

他看著她的雙眼，笑著伸手撫摸我脖子。「對啊，她超好奇的。可是啊，我是不會給她我的筆記本的。」

「這筆你是真的確定要送我嗎？」山姆邊問他，邊轉動手中的筆。

「對。」

「那你放心，我會永遠珍惜的。」山姆很激動。

「我也會珍惜你給我的忠告。」

「邀請你來上課這件事嗎？」山姆盯著禮物。

「之前在書店的時候。我告訴你說，我想要取得當地政府機關的檔案資料，結果他們讓我覺得很挫敗。你告訴我要『放下』。」

「哦，對！」山姆看了他一眼，點點頭說：「我想起來了。」

「我們團隊都回國了，我留下來是因為我想看看能否更了解一些我祖父的事，他以前就住在這附近。那是很久以前的事了。我一直在與官僚體制奮戰，過去幾天，我盡了一切努力想獲得許可。後來聽到你說：『如果你真的放手，有時候大門會意外地打開來』，這句話引起了我的共嗚，」他點點頭又說：「所以我照做了。放下檔案資料申請表格，放下寫信或詢問那些事。現在我連筆都送人了！」他咧嘴一笑。

山姆點點頭，表示鼓勵。

「我將在此地度過最後這幾天，全然沉浸其中。欣賞山巒、樹林以及我祖父所喜愛的一切。」瑟琳娜、席德和春喜夫人與大多數當地人都起身要離開了。我站在這兩個男人中間。就在這時，山姆驚呼道：「我剛剛看到了！」

客人會意地點點頭。他顯然一直在等待有人來發現。

山姆注意到了筆蓋，驚訝地發現，黃金筆夾的部分是一隻坐著的貓，尾巴高高翹起，形體雅致。

「我知道你是愛貓人，」客人在我下巴撓我癢癢。「所以我覺得這個禮物還滿適合你的。」

「我確實愛她，」山姆同意道：「雖然她不是我的貓。」

「她那時候出現在店裡，」客人搞不清楚了：「現在又來這裡。」

「她和我們一起度過很多時光，」山姆點點頭又說：「春喜夫人，」他指向她所坐之處，「是她最忠實的粉絲。可以跟我說說，」他朝著筆蓋點點頭，「這是誰設計的嗎？」

「是受到我外祖母啟發而來的，」客人回答。「而且，是以貓的名字命名的。」

山姆點點頭。

「請問一下喔……」客人追問道：「如果她不是你的貓，那她是哪裡來的？她真的好貴氣呢！」

「她呀，」山姆寵溺地看著我，「是達賴喇嘛的貓。」

「真的？」輪到客人開心起來。

「她和尊者一起住在尊勝寺。就在庭園對面。」

「好特別！」客人與我眼神交會時，他棕綠色的瞳孔裡閃動著驚奇的光。「總之，今晚全都是些很有趣的事。」他說。

山姆小心翼翼地把那支特別的筆塞進夾克口袋裡。兩人準備起身時，他問客人說：「你說這支筆是以某隻特別的貓命名的？」

「對，」他點點頭，又說：「那是很久以前，我祖父母住在這裡時，他們最珍愛的貓。我們把這支筆命名為『露娜版』」。

第六章　神是英國人？

藥和毒的唯一區別是劑量。如果宗教是一種藥，那就應該謹慎服用。用它來療癒、促進成長，但不要上癮。一旦開始根據信仰來解釋我們自己的時候，那就真的劃錯重點了。

親愛的讀者，有些人一踏進室內就能讓人感覺到他們的存在，不是嗎？或許是因為他們擁有亮麗好看的外表，或是迷惑人心的權威感，或是令我鬍鬚抖動的沉著冷靜，我們當中就是有些人擁有某種影響力、某種魅力，吸引著我們向他靠近。

有一天下午我去「喜馬拉雅・書・咖啡」時，就看見這樣一位人物。他自己坐一張桌子，我一進去就注意到他了。我穿過雙開門後，要走向我的專屬空間，途中逗留了一下，與蜷縮在接待櫃檯下方籃子裡的馬塞爾碰了碰彼此的濕鼻頭。那時我便察覺到，從其中一張長椅上爆出來的一陣大笑聲，好比地底深處的暗流噴發。這聲音也好像地底深處湧出的熔化岩漿，濃稠高熱，咕咚咕咚地流淌著，同時又不斷凝聚，形成了勢不可擋的力量，引爆也就無可避免了。

通常，食客擾亂公共秩序的情況極為少見，要不，其他客人也會很快皺起眉頭來表示譴責。首席服務生庫沙里是最佳外交官，他會火速來到出問題的餐桌旁，施展他剛柔並濟的獨門功夫。極快地，本來反常的客人就會按照規矩來了；再要不就是，有一次我親眼目睹有人被請走了。

然而，今天這位沒規矩的客人卻帶來了相反的效果。我爬上雜誌架頂層我常坐之處，很快就鎖定了笑聲的來源。附近安養院的經理瑪麗安・龐特的對面坐著一個身穿黃綠格子襯衫、身材高大的禿頭男人。瑪麗安是一位衣著整潔的專業人士，根本不會想要引起騷動，此時的她不僅沒表現出不安的跡象，甚至好像還對這位共進午餐的友人很是傾心。

坐在他周圍的人也是如此。與他一起用餐的人顯然都覺得他的笑聲很有感染力。現場有許多人都在笑著，容光煥發。他是一個能召喚正向關注力的人。他會直接回應別人看向他的視線，與別人四目交接時，他會嘲弄一下這個，反駁一下那個，就這樣子很快地形成了一團心情愉快的能量中心。

他不是笑個不停那種，但是對於無形的障礙，以及常見的矜持，他的笑聲卻頗有破冰的效果。跟他一起用餐的人即將離開時，都會在他的餐桌前停下腳步，與他簡短交流一下。服務生們也被他明顯的磁力吸引而來到他的餐桌旁。即使是在周邊徘徊觀察的領班庫沙里，在他面前好像也出奇地繳械投降了，對他特別寬容。

這位客人到底是誰，來這裡做什麼，這些問題在餐廳老闆法郎逕自走到他餐桌旁後，就更明朗了。瑪麗安伸出手來介紹他時，這位朋友就站起身來，親切地握住法郎的手。「布萊克·波冷坦因。」他的聲音隨著一旁長椅上用餐的人聲鼎沸傳送過來，隨後還說了一句話，裡面有「主任」和「波西米亞人」等字眼。

親愛的讀者，此時，我因為著了迷，一陣顫慄竄遍我全身。

在馬路對面，靠近尊勝寺的小花園旁，就是從擁有幾處花壇和貓薄荷的安養院可以俯瞰的那一座，有一條陡峭的車道通往一片土地。那裡在上個世紀初曾經是一家療養院，第二次世界大戰之後便移作他用，後來在不同時期曾被當作是旅館、行政中心和儲存設施，最後則是用木板封起來，現在則是完全無人使用。這座建築物具有某種存在感，從它的高度可以俯瞰麥羅甘吉大部分地區，同時還能欣賞其背後一覽無遺的喜馬拉雅山脈風光——冰雪封頂的山脈，峰峰相連有如參天波浪，極目望去，無邊無際。

我住在這兒這麼久，還是因為海蒂有一天晚上在這裡的草坪上戶外課，我也才去過一次這座老舊的療養院。對貓族來說，這裡是個無趣的地方，尤其是像我這樣的資深貓族，必須得有個充足的理由，才會來爬這片讓我暈頭轉向的斜坡。然而，最近幾個月，我注意到，有建商的卡車以及商用貨車開上這個車道，數量之多，前所未有。我從雪松樹下的長椅，觀察到有人送來建築材料，還有那些知道如何使用建材的工人。我早就猜到克里斯托弗的夢想即將實現。

我親愛的朋友克里斯托弗．阿克蘭曾是瑪麗安．龐特的安養院住民，他是位藝術家，然而在物質方面，他一生都過得困窘，而且默默無聞。然而，他去世後不久後被重新發掘出來，並被視為是他那一代的創意先驅之一，他留在安養院車庫裡的一批畫作也被重新估價，價值大幅提升。由於席德的協助，瑪麗安透過倫敦一家藝廊售出他的畫作，並將所得的數百萬美元投入了克里斯托弗曾有的理想。那就是他有一次心血來潮，說他有錢的話，就會資助的事業——「破產的波西米亞老人之家」。也就是，那些和他一樣的老人。

之前曾無意中聽到瑟琳娜和春喜夫人談到那家舊療養院在重新整修。最近，監督這項工程的基金會正在找人來經營這項事業。現在，那個人似乎已經現身，而一個破產的波西米亞老人的意外之財就要被用來利益他人，而且是以一種他從來都想不到的方式。

瑪麗安‧龐特先行告退，回到她安養院的辦公室。法郎坐在布萊克‧波冷坦因身旁，二人正在深入交談，顯然，他們在舊金山有許多共同好友。然後，在一片歡樂漩渦的氣氛中，布萊克‧波冷坦因開始行動。他走上幾步台階來到書店，在距離我所坐之處不遠的書架間，隨意翻閱。山姆給了他一些獨處時間，之後才走近並詢問他是否需要協助。

「你是書店經理嗎？」他很想知道，神情專注地看著山姆，大手一揮意指這間書店。

山姆點了點頭，有點兒緊張的樣子。

「我旅行過很多地方，」布萊克‧波冷坦因凝視著他說：「從來沒看過有哪裡的藏書能這麼精心策畫的。」

「謝謝您！」山姆鬆了一口氣。

「布萊克‧波冷坦因。」他伸出手。

「山姆‧戈德堡。」

「只有見多識廣的人，才開得出這麼啟發人心的書單啊！」布萊克仍然看著山姆的眼睛，握住他的手同時不停擺動著。他操英國口音，但摻有淡淡的加州腔。

「您過獎了。」

「西藏喇嘛中最優秀的著作，這會是人們期待在達蘭薩拉的書店裡找得到的書，」布萊克轉身，好讓彼此一起審視架上群書，「但是，西方探險家也是如此。你把他們全都放在這兒了——

布拉瓦茨基（Blavatsky）、漢弗萊斯（Humphrey）、葛吉夫（Gurdjieff）、鄔斯賓斯基（Ouspensky）、保羅・布倫頓（Paul Brunton）、比德・格里菲斯（Bede Griffiths）。基督教神祕主義者——麥斯特・艾克哈特（Meister Eckhart）、聖湯瑪斯（Saint Thomas）、亞維拉的聖女大德蘭（Saint Teresa of Avila）。加州幫的——赫胥黎（Huxley）、伊舍伍德（Isherwood）、赫德（Heard）。當然囉，還有「垮掉的一代」（Beats, Beat Generation）。

從布萊克說話的方式看來，這些作者他好像都很熟，不僅僅只是知道他們的著作而已。

「聽你這樣說，好像你認識他們本人喔！」山姆說。

「我小時候，曾與傑拉爾德・赫德（Gerald Heard），還有克里斯托弗・伊舍伍德（Christopher Isherwood）一起在聖塔莫尼卡（Santa Monica）的枇杷樹下冥想。」

「哇，好棒喔！」

「我爸爸和艾倫・金斯伯格（Allen Ginsberg）是好朋友。我的成長過程算是很幸運。」他寬廣的身軀內某處又開始發出低沉的隆隆聲。「我知道你可能覺得我老了，」隆隆聲愈來愈大，「但是，聖女大德蘭也只比我那一代人老一點點而已。」

與先前在咖啡館裡比較像火山爆發的笑聲相比，他現在笑得就柔和多了。儘管如此，他和山姆的笑聲仍然在店裡迴盪著，彼此也建立了一種愉快的關係。

布萊克詢問山姆是加州哪裡人，也很快就找到他倆在洛杉磯最愛的店都是西好萊塢（West

Hollywood）的「書湯」（Book Soup）書店。山姆想要更了解他所認識的著名的靈性導師。布萊克信手捻來，講了一段他會見克里希那穆提（Krishnamurti）的事。他說克里希那穆提是他所見過的穿著最為優雅的人士之一，他穿定製西裝，開義大利跑車，在加州奧哈伊（Ojai）的居所富麗堂皇。

「在他的教義中，他一直提出同樣的觀點，」布萊克說：「我知道可以與你講這些，因為你能理解，」他朝著哲學區那個方向擺了擺手。「為什麼要費心去思考像是，是否有上帝啦、死後的生命啦，或要達到涅槃的某種方法之類的問題呢？為什麼你會認同那個無法找到的假我啦、自我啦？難道你沒意識到，根本沒有感受者，只有感受；根本沒有思考者，只有思考嗎？要覺醒過來，要看見唯一存在的東西就是——此時此刻。專注在永恆的當下就好。那種只會強化自我的信條，教你說有一個『我』需要你去拯救或開悟，這種的你不要陷進去。」

短短幾句話就可以看出，布萊克．波冷坦因不僅僅是見過各種大師而已，還把他們的教導全都融會貫通了。

山姆專注地傾聽他說話，一絲不漏。「這也是我會一直去回顧的東西，」他點點頭，指出了布萊克剛才所說的重點所在，又說：「我們佛教認為『自我』是一種幻相。同時，所有這些精心設計的練習，都是為了讓我們從這種幻想中解脫出來。然而，這些練習本身是否在某種程度上也在強化一個概念，亦即，我是一個希望『擺脫自我的人』這樣的概念？」他雙眼盯著布萊克看了一會兒，然後移開視線。「抱歉，」他說：「我不是有意把你當成是治療師的。」

布萊克體諒地點點頭。「會問這個問題很合理，」他回答道：「碰巧，我正是一名治療師。你所說的不僅僅是佛教徒會關心的問題，所有宗教傳統也都有相似的情況。在基督教，奧古斯丁派（Augustinians）相信救贖並不是透過努力即可獲得的東西，但是，伯拉糾派（Pelagians）卻深信，要得到救贖，你必須說到做到。你找治療師是讓他來做你自己的功課呢？還是找一個治療師來協助你接受你自己的本來面目？所有人的內在旅程中都會遇到相同的拉扯。

山姆直盯著他瞧，彷彿腦中浮現出一百個其他問題。但是，書店助理菲洛梅娜走過來，請他幫忙聽一通詢問電話。布萊克自己則要了一本書，然後慢慢走回他的長椅，途中還停下來與另一桌食客說說笑笑。

看到有個男人可以輕輕鬆鬆與人互動，真的是很神奇。他比一般人更加活躍，也更有趣，對周圍的人完全敞開，洪亮的笑聲聽起來無拘無束，讓整個空間感染到生命的輕鬆感。同時，他有風采，毫不淺薄。從他與山姆的對話可以看出他深刻的洞察力，這也讓他更添魅力。

這時，賓妮塔出現在咖啡館大門口，她身著青綠色紗麗，一如往常地優雅出眾。她飛快地掃視了餐桌區，接著便朝他坐的地方走去，他正在看平板電腦。我緊緊跟著她的腳步。她先自我介紹，然後，他示意她坐到對面。下午這個時間，我可能已經跑去「須摩提水療中心」找她了。看來賓妮塔不僅讓我少跑一趟，也讓我能夠輕鬆且近距離地，更加認識麥羅甘吉的這位最新住民。

我給他們一點時間安頓好，有人送來了一大壺茶和兩個杯子在他們面前。我從雜誌架跳下來，走向他們所坐的長椅時，便聽到他們在談論，靜修所未來的住民要怎麼取得「須摩提水療中心」的團體折扣價，治療師也可以去靜修所為行動不便的住民提供瑜伽課程、銅鑼浴和芳香療法。

布萊克正翻閱著賓妮塔給他的一個關於「須摩提」的檔案夾時，瞥見了我正在走向他。

「每一家好書店都需要一隻店貓！」他深表認同。

我跳到賓妮塔旁邊的座位上。

「多美的生物啊！」

「她真的很漂亮，」賓妮塔表示同意，並把指尖併攏在我額頭的正確位置上按摩起來。「可是你知道嗎，雖然她經常來這裡和『須摩提』，但是她真正的家是離你更近的。」她指了指街上。

「尊勝寺？」他問。

她點點頭。「她是達賴喇嘛的貓。」

「天啊！」他大聲驚呼。「而且，這樣的貓該有的華麗貴氣，完完全全就是如你所希望的那樣。」他非常高興，把手伸長了，橫過桌子來撫摸我脖子。我看向他時，我們視線交會的那一瞬間，我就知道了，在我面前的是智者當中最為特別的一類——愛貓人士。

布萊克．波冷坦因看著我安坐，洋溢著喜悅之情時，賓妮塔便擴大了話題範圍。「希望你別介意我問一下喔——我覺得你在加州的生活過得很不錯，為什麼會接受來此地興建靜修所這份工作啊？」

桌子對面的布萊克點點頭說：「從很多方面說來，生活的確是非常舒適的，」他同意道：「卡梅爾（Carmel）的設施都很漂亮，客座教師都很棒。它不僅僅是一個退休養生莊園，在那個地方，大家還可以不斷進修成長，直到生命終結的那一天，我也希望在這裡可以做到那樣。奇怪的是，我們那裡有很多人老是覺得跟印度有某種連結，一種很重要的連結。」

他的目光注視著她，彷彿在欣賞現實生活中的印度女神，秋水凝眸，容貌秀麗。他繼續說道：「有些人曾在這裡住過。有些人，像我這樣，多年來都會來這裡，總覺得印度的哲學觀要比其他地方的更加與我契合。所以，這樣的機會一旦降臨，可以去做我一直在做的事，只不過是要來印度，那我就去把握。我人生一大半的時間，都一直嚮往體驗這裡的生活，讓自己沉浸在此地的靈性氛圍中。要就趁現在，否則機會不再有。」

「你說的『靈性』，特別是指佛教嗎？」賓妮塔問。

布萊克搖搖頭，「還有傳統的印度教，也就是佛教的發源處——佛陀是站在巨人的肩膀上的。」

她點點頭。

「我對幾乎所有的宗教都非常感興趣，只要他們的信徒不要試圖改變我信仰，」他輕輕笑著說：「印度次大陸上，各種信仰和功法都令我好奇不已，有如自助餐一般的多元美食，非比尋常，」他的身體姿態，寬廣坦率。「佛法，無論其來源如何，都是讓我們更接近開悟的東西。這裡有見解豐富多元的佛法，是我們許多西方人著迷的泉源。」

賓妮塔扁嘴笑了一下。「太有趣了，」她輕輕搖頭說：「大多數印度人一旦有錢了，他們想做的第一件事就是搬到倫敦或美國，我過世的先生就是這樣的。他在攝政公園（Regents Park）買下房子時，真的以為自己很成功了。」

「對啊，」布萊克對這種反差表示同感。「不斷渴望自己沒有的東西。以為西方可以給你很多物質上的東西。」

「但對你來說，這裡不是也可以給你精神上的東西嗎？」

雖說賓妮塔生性熱忱，但與不熟的人討論到個人信仰這類問題時，她還是會有所保留。看來，她和剛才坐在她那個位置的瑪麗安．龐特一樣，坐在對面那位身形高大、聲音宏亮卻心細迷人的男子都讓她們感到很自在。

「我在薩里（Surrey）出生長大，我知道的就只是英國教會。直到很久以後，我才了解耶穌教義真正的廣度和深度。其中只有一小部分的耶穌教義，成了今日眾所周知的基督教。伴隨我長大的版本，則有明顯的帝國色彩。在我成長的過程中，一直都以為上帝一定是英國人。」

布萊克說唱俱佳，惹得賓妮塔忍不住笑了出來。

「真的！」他低沉的呵呵笑聲迴響著。

「一路上懸掛著紋章旗幟直到大教堂。君主即為教會領袖。下一站，天堂。一切都井然有序、各就各位。那夢幻的尖塔和彩色玻璃窗，英皇書院（King's College）唱詩班有如天使般歌頌。對我來說，我覺得這一切都很美，但卻沒有深度。像聖托馬斯和聖女大德蘭等人所說的神聖連結在哪裡？要如何達到呢？教會好像都專注在信仰的聲明，還有他們自己非常過時的道德準則，但奇怪的是，他們對我所認為的人生真正目的，也就是與內在的神聖連結這件事，並不感興趣。」

他抬起右手，碰觸自己的心。「令人驚訝的是，好幾個世紀以來，一直沒能放掉以語言化的宗教儀式——無論讚美詩唱得多高亢，無論祈禱文唸得多動人，終究會歸於沉寂。因為如果沒有沉寂、沒有好好練習放掉概念性的想法，我們怎麼能發現到，在心念所有的喋喋不休之下還隱藏著什麼呢？」

賓妮塔以一種特別專注的眼神回望他的凝視。她慢慢地點了點頭，以她最近學到的那句話回應說：「這座梵城裡面有一座……」她一開始有點害羞，看了一眼他仍放在心口上的手，然後才愈來愈自信起來，接著說：「有一座蓮花形狀的小神殿，裡面有一個小空間。心中的這一小小空間，有如這浩瀚的宇宙那樣浩瀚。」

桌子對面的布萊克微笑看著她，衷心地讚賞。「這裡有天與地，」他接著說出她還沒說出口的那句話，讓她驚訝不已。然後她跟了上來，兩人齊聲吟誦：「還有太陽、月亮和星星，也有火、閃電和風，還有現在與未來的一切——所有一切都包含其中。」

說完，他們四目相對，「《歌者奧義書》（*Chandogya Upanishad*）。」布萊克確認道。

「這個獨特的見解，」賓妮塔告訴他說：「正是我的個人護身符。」

「我想不出比這首更有智慧的，」他說：「更美的表達了。」

如果有可能發生這樣的事，那他們倆似乎對彼此的評價都更高一階了。

「我知道對印度人來說，」布萊克朝著她點頭說：「人生目標是理解『自我』、『靈性真我』（atman）與『梵』（Brahman）的統一性，『梵』即那個如虛空般的極樂意識，一切事物都是由梵所顯化。」

賓妮塔點點頭，表情若有所思。

「妳的道途是這樣的嗎？」

她臉上蒙上一層陰影。她移開了視線，「我猜是這樣的。」

面對她隨後的無語，他追問道：「不過？」她最終抬起頭來，與他直接對視。

「事實上，我一生大多數時間都在心煩意亂中虛度了。成長過程、青春期。我先生過世前，婚姻生活和小孩幾乎占據了我全部的注意力。我和女兒們曾經陷入困境。直到最近，我才碰觸到這些更大的人生議題。面對這些時，我總是問我自己：『我是誰呀，想與梵合一？』我人生大部分時候其實是很放縱自我的。我知道我的缺點、我的弱點。說真的，我會是一個能和神合一的靈魂嗎？」

布萊克帶著慈祥的微笑點點頭。

「嗯，」她聳聳肩，「我會是嗎？」

「妳一定要有這個問題的答案嗎？」

她坐在長椅上的身體垮下來，睜大了雙眼。「我覺得不是一定要。但是，太絕望了，因為我也知道這一切都超出了我的能力範圍。」

「我認為啊，」他最後說道：「妳的答案可能是正確的，但卻做了錯誤的結論。」

賓妮塔美麗的臉上籠罩著困惑的陰影。

「我有個很要好的朋友，德韋什，他曾經跟我解釋過印度教『兩個我』的概念，」他說：「外在的我，就是你所說的那個有缺陷、自我放縱的我。如果你願意接受的話，那就是我們後天習得的個性。那是一個有傳記的故事、有好惡的生命。那個我無法與神合一。無論多美妙或多可怕，到了死亡的時候都得丟掉它，就像我們的身體那樣。

「但內在的靈魂會繼續下去。就像一條穿過珠子的線繩，每一顆珠子都代表著不同的一生。我們從內在旅程學到的東西，以及我們如何進化，都會影響這個內在靈魂。它會留下印記，有正面的，也有負面的，這些都是外在的我會經歷到的。但靈魂本身的本質是純淨的，是完全無染汙的。這就是靈魂……」賓妮塔緊緊盯著他的眼睛，他則繼續說道：「是這個靈魂與梵合一。這就是心中的蓮花聖殿，與全宇宙一樣浩瀚。」

彷彿她肩上的擔子被卸下來了，賓妮塔往前坐起來，神色也因為理解而變得溫和起來。

「謝謝你，」她點點頭，「你不知道這番話帶來了多少光。」

布萊克的眼睛亮光一閃。

「這是你的想法嗎？」她的聲音很輕柔。然後眼睛一亮，又說：「或者你還是相信神真的是英國人？」

他在座位上爆出很大的笑聲。「我非常確定！」他咯咯笑起來：「祂在我們倫敦周圍各郡都有城堡，還有飛天馬車，以備祂哪天想參觀我們舒適宜人、綠油油的大地！」

笑聲平息下來後，他搖了搖頭。「總的來說，我會盡量避開宗教，」他說：「妳知道嗎，**藥和毒的唯一區別是劑量。如果宗教是一種藥，那就應該謹慎服用。用它來療癒、促進成長，但不要上癮。一旦開始根據信仰來解釋我們自己的時候，那就真的劃錯重點了。**」

賓妮塔揚起了眉毛。

「那個想要被貼上『這個』或『那個』標籤的自我，那個因為有缺陷或放縱而讓妳喪志的自我，只不過是一種想被社會認同、接受的幻覺。要說我真的信什麼的話，」他靠向桌面，說道：「那就是活在當下的重要性。此時此地即為永恆。不要認同『自我』或『我』。無論怎樣，都不受任何思想或觀念的束縛，那就是找到平靜的地方了。其他一切都從這個地方流淌而出，真實也會從這個地方顯化。而且在那份平靜之中，無窮無盡。

就在這時，山姆從書店區走下來，手上拿著布萊克早些時候要找的那本書，並放到桌上。布萊克向他表示感謝時，山姆問道：「順便問一下，你推薦的科爾曼．巴克斯（Coleman Barks）寫的那本書，書名是什麼啊？」

山姆拿出筆，把書名寫在紅色小本子上。他正要走開時，賓妮塔說：「山姆，這支筆好漂亮。」

「可不是嗎！」他點點頭，把筆遞給她，好讓她能看得更仔細些。「昨天有一位義大利來的客人送我的。」

「很大方耶！」布萊克評論道。

「確實如此。是他家的公司製作的。賓妮塔看到閃閃發光的海藍色，以及帶有黃金鑲邊的華麗筆蓋時，她認出了筆夾的形狀。「哦！還有一隻貓！」

「對啊。」

說著說著，他們此時就看向她旁邊座位上正在放鬆的我。

「很有趣耶，這個，」山姆把鼻樑上的眼鏡推得更高一些，「那個人告訴我說，這個版本是用一隻貓來命名的，五十多年前這隻貓就住在這附近的某個地方。很顯然，是他祖父母的親密夥伴。這支筆的名字是『露娜版』。」

「露娜！」賓妮塔的神色激動。

這兩人都很好奇她的反應。

親愛的讀者，我也好好奇喔！這些人類還需要多長時間，才能把這些點點連起來呢？

「他是義大利人嗎？」

他點了點頭。

「瑟琳娜見過他了。」

「那你有……」她因激動而提高了音量，「不知道你是不是有告訴瑟琳娜這件事？」

「哦。」

「在旺波格西的課堂上。」

「所以說，」賓妮塔盯著他看，目光灼灼，「她知道他的祖父母，還有那隻叫露娜的貓？」

山姆想了想，然後說：「他在說這件事的時候，瑟琳娜已經回家了。」

「山姆，我們要去告訴她！還有春喜夫人！」

山姆嚇了一跳。

「他還在麥羅甘吉嗎？那個義大利人？你知道他住在哪裡嗎？」

「他明天的飛機。」這些問題令山姆大為吃驚，「他好像說是住在『國王飯店』。」

「如果事實果真是如此，」賓妮塔看起來很高興，「那真是萬萬想不到！」她從座位上站起來，並向布萊克表示感謝。「見到你真的是太棒了，」她說：「希望以後還有更多機會跟你聊天。」

「我也是！」布萊克和山姆看著她的轉變，臉上都帶著愉快探詢的表情。

「現在，我就先失陪了，我必須立即聯繫瑟琳娜！」

賓妮塔離開了，山姆回到書店。

「達賴喇嘛的貓，只剩下妳和我在一起了，」布萊克帶著關切的表情看向我。「我可以讓妳喝點牛奶嗎？」他從一旁的瓶子倒了些牛奶到碟子裡，然後把碟子從桌面放到地下。親愛的讀者，地下！我用我最冰冷的藍光眼睛瞪他。這樣一個開悟的人怎會完全沒常識呢？

過了一會兒，由於我沒有一丁點兒動作，他就收到訊息了。「哦，我明白了，貓小姐，絕不能把妳漂亮的小爪爪放在地上給弄髒。」

他把碟子收起來，放到桌上，我便興致勃勃地跳上去。我也沒忘了禮貌，就走過去感謝他，抬起尾巴輕輕地撫過他的肩膀。

無所不知的領班庫薩里一直在關注著我們小小的交流。他疾速來到桌旁，熟練地將碟子上的牛奶換成一小盤凝脂奶油。

「仁波切更愛吃這個。」他告訴布萊克，然後就像他出現那般迅速退下。

「仁波切？」布萊克和藹可親地微笑著，重複地念著這個名字。「噢，天啊，妳真的把他們都訓練得很棒耶，是不是？」

我靜靜不動，思考著他剛剛說的話。這就是他成為一名優秀治療師的原因嗎——能夠清楚看見別人的事，但是別人對他的事卻一點也不清楚？或者，像我這樣，幾乎不會去想這回事。

沉思結束後，我彎下身舔奶油，津津有味，嘖嘖有聲。

布萊克把手肘放在桌上，雙手托著下巴，和藹地看著我。「仁波切啊，我有好一陣子沒跟貓朋友在一起了，」他低聲說道：「很高興，從妳身上我也享受了這份小餐點。」

我不久就回家了，沿著街道朝尊勝寺大門走去，接著穿過庭園。僧人一如往常在往返寺院的路上匆忙來去。遊客成群結隊，由六種不同語言引領著，到處遊覽。其他遊客有的目瞪口呆，有的在拍照，也有的單純欣賞著一座藏傳佛寺，以高聳的、白雪封頂的喜馬拉雅山為背景這幅如夢似幻的景象。

走著走著，我看見一位坐輪椅的中年男子，由一位年齡相仿的女士推著，我猜是他的妻子，他們朝著剛從寺院出來的旺波格西招手。

「我想見達賴喇嘛。」我聽到他這樣說。當我靠近時，我看到他的手臂和臉上有黑色的燒傷痕跡。

「尊者今天有考試。」格西拉說。

「只要見他一面，這可能對萊恩有幫助。」他的妻子懇求道。

「很抱歉。」格西拉聳聳肩。

這樣的訪客是很常見的。面對折磨，想尋求解答的人們，總希望有一個奇蹟般的會面。

格西拉繼續往前走時，萊恩喊道：「或許你可以幫我？」

「我？」雖然旺波格西是尊勝寺最傑出的上師之一，但是對這個路人來說，他只是個身著深紅色長袍的路過僧侶之一。然而，旺波格西的慈悲之心就是這樣，他停下腳步，並聽著那人說：「牧師說我會受苦是因為上帝在考驗我。他為什麼這麼說？」

旺波格西轉過身，表情柔和地說：「我的朋友，我很抱歉，這件事你得問他。基督教管基督徒的事，佛教管佛教徒的事，最好不要干涉彼此的事。」

「但是，他這樣說讓上帝變成惡魔了！」萊恩抗議道：「他為什麼要這樣說？」

「或許，」格西拉對所有宗教傳統的了解，比他表現出來的要多得多，因為他大膽說道：「他是想要幫助你發展你的內在力量——毅力。」

「事故發生後，我就只能被綁在輪椅上了，你有什麼看法？」那人很想知道答案，很顯然太絕望了。

我靠近他和那個女人面向旺波格西的地方，我的到來引起了格西的注意。有個受苦的人用這麼折磨人的生存問題設下了埋伏，如果說格西對此感到惱火，他倒也沒表現出任何跡象。相反地，他以平靜的表情與萊恩對視著。

「我不敢說我懂得你所經歷的，」他說：「但是，有一種自由是永遠無法從我們手中奪走的——心態上的自由。任何人、任何環境都不能強迫我們該怎麼想事情。」

萊恩盯著旺波格西看了一會兒，然後說：「我喜歡這句話。」

女人點點頭說：「萊恩，自己要負責。」

「我們一定要負責，」格西拉告訴他們：「只是有時候，需要有人提醒我們一下。」

「即使被困在輪椅上？」

旺波格西仔細研究了他一會兒，我看過尊者有時候也會這樣子估量訪客，顯然是在衡量對方是否準備好了，又能聽得進多少。

「我有很多同事，他們會去參加冥想靜修，」過了一會兒他說：「三年，最少。有時候，是連續去僻靜（Retreat）兩三次。我知道有一些人閉關了十二年，從閉關中出來——然後很快又回去！」他咯咯笑起來：「有時在冥想箱裡，那是一個沒比輪椅大多少的地方哩。但他們所有人都坐了四次，每次四小時，一天十六個小時。完全不動。」

萊恩和他的妻子都啞然失色。

「他們沒有感到被困住。沒有人強迫他們。有趣的是，」格西拉舉手強調說：「當我們放下心理活動中比較粗鈍的層次，像是煩躁和沉悶，當我們能夠觀察到自心的真實本質時，就沒有約束、沒有限制。而是，相反的。心的自然狀態是脫離概念的、是無邊無際、是光明喜樂的。」

萊恩專注地聽著他說話。

「你不需要拿到冥想冠軍才能體驗到這一點，我們都可以嘗到一點點滋味。經過一點點訓練，一點點練習，我們冥想時，這就會愈來愈成為我們的實相。也許我們會愈來愈喜歡，因為我們找到了這樣的平靜，想要盡可能地將我們的心帶到那裡去。那將成為我們的一部分。我們每天都把它愈來愈多地融入我們的想法和感受中，以便它可以從練習的時段中流淌出來，流向我們沒在練習的時段。

「如果能以這種方式訓練我們的心，如果這成為了我們的實相，那麼所達到的境界會有多美妙！因為今生的精微心已經轉變了。死亡時，我們的身體機能關閉了，我們的粗鈍心也結束了；但是，精微的意識，被我們的行為所烙印的意識，這是會持續下去的東西。」

萊恩盯著旺波格西看了很久，然後說：「粗鈍心結束了，精微心還會繼續？」

「對。」

「那所有的傷害和痛苦呢？都是粗鈍心嗎？」

喇嘛點點頭說：「我們都放下了。」

「你是說我應該把輪椅變成冥想箱？」

「沒錯！」

萊恩在座位上坐直了身體，身上似乎有了一種嶄新的輕鬆感。我抬頭看向他的妻子，她也驚訝地看著格西拉。萊恩的眼睛閃閃發光，看著旺波格西說：「你知道嗎，我想這就是我們來到達蘭薩拉的原因。我需要聽到這些話。」格西拉點點頭。

「太感謝你了。」

「很好，很好。」旺波格西從來都不是那種滔滔不絕的人，但他還是很感動，因為萊恩體認到，自己的重擔也是可以轉化成機會的。

一感覺時機到了，我便靠近他們幾步。我經過訪客身旁，走向格西拉，在他的腳踝之間穿行。他伸手摸了摸我後，抬起頭來看著萊恩和他的妻子：「今天我們沒辦法讓你有覲見達賴喇嘛的機會，」他說：「但是，我可以告訴你一個小祕密。」

他對時間點的掌握有著絕佳的敏銳度，等到他們都彎下腰來靠近他時，他說：「這位是達賴喇嘛的貓。」

「天吶！」萊恩驚呼。

「你有聽到嗎，萊恩寶貝?!」他的妻子欣喜若狂。

一說到情緒上的衝擊嘛，即使是像一顆無邊無際、發光的、不受輪椅束縛的心靈這樣的啟示，那都無法與我的容貌相提並論！我很快便跳到萊恩的腿上，他的妻子想要拍張照片，旺波格西便告辭，並返回自己的居所。

「親愛的，自從事故發生以來，從沒看你這麼激動過。」萊恩的妻子邊說邊重新調整輪椅，讓輪椅後的背景是寺廟，遠處則是高聳、閃閃發光的山峰。

向晚時分，頭頂上的天空卻變得更加明亮了，從常見的藍轉為些許模糊，卻也更柔和的澄澈圓弧。我們三人的合照先是萊恩的妻子拍的，後來是一位年輕的比丘來拍的。

隨著這一次奇妙邂逅的結束，我希望這對夫婦帶回家的不僅僅是表面上的東西。除了我毛茸茸的身材、藍寶石的眼眸，以及我著名的夥伴的學識。當我們在清澈的無邊無際當中擺姿勢，從這個地景移轉到另一個地景時，我們也創造出了一份超越概念的心靈紀念品：一顆不再顧慮輪椅或圈禁的心，一顆不再對神感到憂慮不安的心。取而代之的，則是一顆這樣的心——早已放下所有概念性的東西，單純地安住於當下所賜予的一切，並在那兒，發現了永恆的當下那份喜悅。

第七章　解藥與真理

我們的執著和厭惡，伴隨著我們的意識之流，正是推動我們進入未來經驗的東西。我們的執著和厭惡，就是事物為何在我們眼中是「那樣」的原因。那就是吸引力之爪。

我在寺院的庭園裡待了一會兒（因為尊者要去新德里過一夜，所以就沒回到空蕩蕩的家裡），是受到了隔壁花園的吸引，就是有一棵孤單的雪松，樹下還有木長椅的那個花園。

是什麼樣的直覺把我吸引到那裡去呢？親愛的讀者，誰知道呢？就像我們貓族一貫的本能那樣，或許我從骨子裡就感知到，今日的大事還沒結束，還有更多的事將會發生呢！

那份感覺強烈到，即便我知道常去的觀察基地——可俯瞰寺院庭園的窗台上——或許更舒適、更熟悉，也足以消磨一晚，但，若不去現場，恐怕就要錯過一齣別開生面的複雜劇情了。

我沿著人行道走上台階沒幾步，來到花園後，發現了長椅上坐著一個孤單的身影。那位來自義大利的客人正若有所思地凝望著雪松枝條。我直接朝他走去，輕巧地跳上長椅，停下來深吸一口氣，那股獨特混合香氣，像光環似地籠罩在他四周。那是來自遙遠景致的香氣——檸檬和薰衣草的芳香，古建物牆上夜茉莉的清香，豐饒的葡萄園與月光下噴泉的韻味——以上這些氣味，都是從他的衣物散發出的那股神仙般氣息所聯想而來。

「啊！午安，聖貓。」他從默思中轉頭看了一眼，發現我就在他身邊，便用一種正式和尊敬的態度問候我，然後說：「妳是來告別的嗎？」

不是耶，實際上，我不太在意人類這些人情世故。

「這裡真美，就像我奶奶常說的那樣。群峰白雪，森林壯麗。她一定很想念這裡！」

他繼續眺望遠方，彷彿要把這片特殊風景銘記在心。接著伸出手，從我脖子一路撫摸到我背上，沿著我的尾巴，握住尾尖片刻，最後才放開。他的撫觸有一種靈巧雅致，同時又有一種轉瞬即逝的感覺。這一切，就像他客居達蘭薩拉的感覺。

「我們只能一試再試，對吧，聖貓？」他低聲說：「我感覺到一股強烈的牽引力，想要來這裡看看我是否能實現奶奶的願望。」

聽起來很像在懺悔，卸下失望的重擔。「而且，我想說，本來希望我來這裡，或許可以……」他的聲音逐漸減弱。沉默了很久很久之後，才補充說：「但事情不是那樣的。」

我用藍寶石雙眸一眨也不眨地盯著他看。親愛的讀者，我雖然不會心電感應，但即使是我也看得出來，無論他無法開口坦承的是什麼，那都是他最渴望的根源所在。

過了一會兒，他在長椅上坐直身子，擺正了雙肩，堅定地搖了搖頭。

「我回家的時候，」他用堅定的眼神看著我說：「我想要像妳這樣。要找到一位喇嘛，並在他的腳邊學習。」

就在這時，一輛經典的S型捷豹跑車駛進了對面舊療養院的車道。車停妥後，開車的人下車查看右側門柱上的信箱。正是那天與我共度午後時光的那個人，那個身材高壯的光頭男人。就算好幾個月沒見到他，我也能立刻認出他來的。

他望向馬路對面這邊，用他獨有的大幅度動作，親切地揮了揮手。

「Ciao（再見）！」客人回應道。

來。

布萊克．波泠坦因停了下來，用他粗短的食指把眼鏡鼻托往臉上壓了壓。然後便大步走了過來。

「你是義大利人啊？」他確認道，同時走得更近一些。

客人點頭時，布萊克看到了我，「還有無所不在的達賴喇嘛的貓，」他開玩笑地咕噥著，狀似我們已成知己。

他走到階梯那邊時說：「雖然這件事或許與你無關，不過嘛，你不會恰巧就是給咖啡館書店的山姆一支好筆那個人吧？」

客人不以為意地聳聳肩說：「是我沒錯。」

布萊克很快地走上台階，並伸出手來打招呼：「布萊克．波泠坦因！」他說：「你不認識我，因為我才剛從咖啡館回來，有人在那裡說了很多關於你還有你爺爺的事。」

「爺爺？」客人突然活了過來似地。

布萊克從口袋裡掏出一支手機，「對。」他回答時，眼中閃爍著光芒。

幾分鐘內，席德就把他的銀色休旅車停在馬路對面，同行的還有瑟琳娜和春喜夫人，瑞希則是留在家裡和保姆在一起。他們下車的時候，山姆也從反方向跑來，一副氣喘吁吁的模樣。他們都還沒過馬路之前，春喜夫人就用義大利語大喊，客人也適切地回應了。然後，瑟琳娜責備媽媽在不會說外語的人們面前說外語。春喜夫人過馬路時，哀聲連連地大動作道歉，整條手臂上的手鐲哐噹碰撞出聲，走上台階時，她那模樣好像要登上舞台。

他們很快就開始自我介紹。春喜夫人說她是達蘭薩拉的長期住民，來自義大利的阿馬爾菲海岸（Amalfi Coast）。我們的客人羅倫佐．孔帝則回答說，他對那個地方相當了解，每年都會在那裡待上幾個月。瑟琳娜和席德除了說他們就住在這附近，此外並沒多說什麼。

在大家的堅持下，羅倫佐回到了我旁邊的座位，春喜夫人坐在我旁邊，瑟琳娜則坐在羅倫佐的另一邊。黃昏的斜陽逐漸拉長，山姆、席德和布萊克則大方地站在草坪上。賓妮塔悄悄地溜到了三人身後，在一片騷亂中沒人注意到她。

那一刻無疑是充滿期待之情。但該從哪裡開始呢？誰先說呢？春喜夫人伸手要握羅倫佐的手，手忙腳亂間，最後她卻是尷尬地緊抓著人家的大腿。席德身為喜馬偕爾邦（Himachal Pradesh）的大君，或許他來為這場對話開場是眾望所歸。但處事機敏的他覺得應該交給山姆，因為之前發生的事情山姆都有直接參與。輪到山姆開口時，他就想交給瑟琳娜來開場。

最後，這個任務是落在個性外向的布萊克肩上。這位新住民與這件事最沒有關係，但在最短的時間內，他就猜到了這件事對每個人的重要性，於是他開口便說：「我知道你們都想在羅倫佐明天離開之前和他談談。」他邊說，邊環顧四周熱切的臉龐，「你們都猜到他和他爺爺的事了。」

「而我……」羅倫佐說：「一直努力想從政府那裡了解爺爺的情況，還有他的墓地。可是，」他看了一眼聳聳肩的山姆，又說：「什麼消息都沒有。」

「這支筆。」山姆從夾克口袋裡掏出筆來，拿給他看並問：「是以你爺爺的貓露娜的名字而命名的嗎？」

「對啊。」羅倫佐環視大家的臉，眼裡閃著光，「可是你怎麼會知道我爺爺的事呢？」

「我不知道啊，」山姆回答，「你把筆送給我的時候，你告訴我說有一隻叫露娜的貓曾和你爺爺奶奶同住。」羅倫佐點點頭。

「這不是我想到的，不是我一個人想出來的。只不過，我聽說有位義大利神父住在山裡邊，也養過貓。」山姆說。

羅倫佐看起來很困惑，也有同等程度的急切感。

「我來給你看一樣東西。」春喜夫人打開手提包的釦子，伸手進去取出藏了許久的小金屬牌。她雙眼閃閃發亮，把金屬牌子遞給他。

「這裡埋葬著羅倫佐神父最喜愛的貓露娜的遺骸，」他大聲念出了這句話，他的心迅速被情緒占滿，所以快讀完時，聲音幾乎變得微不可聞。「安息吧。」

他的眼神滿溢著情感，從金屬牌子看向春喜夫人，「妳是在哪裡找到這個的？」他最後還是問出了口。

「在我們家花園，」她輕聲說：「事實上，」她低下頭，撫摸我脖子，「是小寶貝發現的，是她在灌木叢下尋寶時找到的。」

「是達賴喇嘛的貓找到了露娜的銘文？」他心中有濃濃的情感湧動，臉上則是一副難以置信的表情。

「是的。」

「而且妳住的地方就是我爺爺以前……等一下，房子不是被燒毀了嗎？」

「沒錯。」瑟琳娜在他的另一邊確認說：「小屋是燒掉了。幾乎沒留下什麼——只剩一堆瓦礫。席德和我，」她指著她丈夫，「我們都不知道以前那裡有座小屋。你看哦，小屋就在我家土地上，在草坪的盡頭，就在一大片九重葛下方。直到有一天我們去探索時，才發現那裡以前有人住過。」

「妳去探索的時候，」客人插嘴道，眼神裡滿滿的迫切，「還有什麼發現嗎？」

「你爺爺的花園。」瑟琳娜告訴他。

「我是說墳墓。墓碑，埋葬的地方？」

她邊說邊搖頭，「沒有那樣的東西，」她說。「但你爺爺蓋的花園很美，有深思熟慮的設計，是個能為我媽媽蓋一個新家的好地方。那裡有一個東西特別吸引我們，也讓我媽媽很著迷……」

「是他的樹！」春喜夫人再也克制不住了，明顯地眨著她黑色濃密的眼睫毛。

羅倫佐則神情茫然地問：「樹？」

「是他從家鄉帶來的義大利傘松。」瑟琳娜提示道。

羅倫佐凝視遠方，在遙遠的記憶中尋找著一些幾乎被遺忘的談話片斷。「他帶來了許多樹苗，」最後他回想起別人告訴他的話，用一種迷離的音調說：「只有兩株活下來。」

「兩株？」春喜夫人想確認清楚。

「對。對，我想奶奶是這樣說的。」他輕聲道。然後停了一會，又說：「我都忘了，關於爺爺的事。他從義大利帶來了珍貴樹木的事。」

「他是個愛樹人，跟你一樣，」極客山姆站在他面前的草坪上說：「《樹木的神話》。」他提醒羅倫佐最近才買的書。

「那是我多年來一直尋找的一本書，」羅倫佐激動說道：「你知道為什麼嗎？因為作者是我爺爺的好朋友。他甚至還曾經來到達蘭薩拉找過他。我奶奶待在義大利那幾年，他們一直保持聯繫。我還小的時候，他經常來我家。」

「啊，我們之前並不知道這些……」瑟琳娜開始說：「不知道你的祖母搬去義大利了。我們對於你們家族的事，還有很多不了解的。」

「這一切感覺與我們如此接近，」春喜夫人強調說：「甚至住在同一個地方！」

看來最奇特、也最深刻的關聯性正被揭示了出來，那些在幾代人之間影響模式迴盪不斷，在天鵝絨般的暮色裡呈現出很奇幻的意涵。印度與義大利、愛與失落、物質與靈性之間的舞姿是最明顯的展現。然而，似乎還有比表面所看到的更多的東西。在那個小花園裡，對完整性的迫切渴望有如晚風一樣具體有感。

羅倫佐直視著山姆。「你並沒有想到，」他沉默了好一會兒問道：「鋼筆和我爺爺之間的關係吧？」

山姆點點頭。

「那是誰想到的呢？」

山姆和布萊克沉默了一會兒，隨後兩人同時轉頭看向他們身後。

坐在兩人之間的賓妮塔站起身來。她身著藍綠色紗麗，精緻的容貌和慈愛的目光，從羅倫佐的角度看來，那一刻的她有如幻夢，而非真實。有如正要降臨的神靈，也讓他揚升而站起身來。

「是我。」她穿過重重拉長的影子說道。他凝神注視著她，朝她走過去。

親愛的讀者，這樣的時刻非常罕見，兩個人全然地為彼此所吸引，以至於他們沒有意識到周遭的任何事物。時間和自我意識都消失了，因為都完全地著迷於對方。這一刻就是那樣的時刻。

羅倫佐和賓妮塔走向對方，感覺就像是宇宙間無可逃避的事。有一股強大的力量，就像以前讓羅倫佐神父與他的靈魂伴侶烏瑪互相吸引的力量一樣。羅倫佐棕綠色的眼睛緊盯著賓妮塔，同時她的眼睛也定在他身上，在彼此之中遺忘一切。

席德意識到這一刻這兩人的親密交流，率先從草坪上站起身來，撢掉膝蓋上的灰塵。布雷克和山姆覺得有些不自在，便也照做，並走向長椅那邊，瑟琳娜和春喜夫人也正要起身。

「我該走了。」布萊克輕聲說道，山姆也立刻附和，「但是，我對故事的結局很感興趣。」順著他手指之處看過去，羅倫佐正好握住了賓妮塔的雙手。

直到布萊克和山姆從花園階梯下來，走上人行道離開後，羅倫佐和賓妮塔才轉身看向其他人。「現在要做什麼？」羅倫佐問。

席德走過來，雙手分別放在兩人的肩膀上，「你們要跟我們一起吃晚飯，」他命令道。「回我家。有很多事要討論。」

「那倒是真的。」羅倫佐表示同意。

「我們用走的回去。」賓妮塔說道——她說的「我們」是羅倫佐和她。

「當然好，」席德就走開了。

不一會兒，春喜夫人把我緊緊地摟在她寬廣的懷裡，朝著席德的休旅車走去。她以不容異議的語氣告訴女兒和女婿說，尊者今晚不在家。此外，如果沒了「有史以來最美生物」，這一切都不會發生。所以，我也要和他們一起吃晚餐。

「哇！」我們全上車後，瑟琳娜是第一個開口的。席德倒車開進舊療養院的車道，然後才把車頭轉向離開市區的方向。

「剛剛那是怎麼回事啊?!」

「是業力。」春喜夫人斷言道。

「因為太少見了。」席德表示同意。

「你第一眼見到我的時候也是這樣的感覺嗎?」瑟琳娜取笑她的丈夫。

「自然而然的啊!」他回過頭來,露出一絲苦笑。

「這整個故事!」春喜夫人低聲說道,就他們剛剛聽到的內容尋思著,「烏瑪去了義大利,生了個孩子。我想知道她住在歐洲時過得好不好?」

「她有回來印度嗎?」瑟琳娜問,「我也想知道羅倫佐的事,他和他爺爺長得有多像。」她停頓了一會,又說:「如果他是他爺爺的延續而來的——我的意思是,他爺爺的心流?」

她看了一眼手握方向盤的席德,希望得到回應。

「也許吧!」他聳聳肩。「據說,如果對某人或某地有強烈的依戀,就會被吸回到他們身邊。有時候,這意味著會回到同一個家庭。」

「但賓妮塔不可能是烏瑪,」瑟琳娜正在梳理時間軸,「還是說,有可能是她啊?」

「無論發生什麼事,」席德點點頭,「這是最強大的業力。非常強烈的依戀。」過了一會又說:「每次發現自己馬上就受到一個陌生人的吸引,或以一種無法理解的方式在排斥他的時候,這都很可能是上輩子的東西。」

「想想我們與他人的關係，有多少是從上輩子來的？真的很驚人耶！」瑟琳娜說。

「我的小綠本！」春喜夫人在後座喊道。

自從我認識她開始，她就一直把小綠本放在手提包裡。這個本子外型小巧、耐用，布套陳舊，有黃銅色的搭扣。本子裡面有家人、朋友和食品供應商的聯絡詳情。這陣子她用得少了，因為很多資料都存在手機裡。但是，她還是帶著小綠本。「裡面有幾十個人名。或許有好幾百個吶！」

「媽，我敢說有好幾百個！」瑟琳娜在副駕駛座上咯咯笑起來。

「他們當中很多人都是與我很親的朋友，有一些都仍然出現在我的生活裡。還有一些，我們只在一起共度一季。可都有在聯繫的。」

她沉默了一會兒才說：「如果我上輩子也發生過同樣的事情，那會怎樣呢？還是跟我的小綠本裡面那些，同一批人嗎？上一輩子呢？上上輩子？上上上輩子呢？」

「一直回歸到時間的原點。」席德主動提示道。

「正是，」春喜夫人表示同意。「那麼那些人現在在哪裡？」

「其中有一些出現在你現在的生活中，但是以不同的形式出現，」席德回答。「有時是朋友，有時是戀人，有時是你不喜歡的人……」

「貓。」春喜提議道，並感激地吻著我。

「當然。」瑟琳娜笑道。

「最重要的，」席德搖搖食指，「是母親！」

「對！」他的岳母再三表示同意。

「很重要，因為母親給了我們生命，在我們最需要幫助的時候照顧我們。」

「但是從你剛才的話看來，」春喜夫人想回到之前討論的話題，「那些我們不喜歡的人，我們前世的敵人，他們也可能待在我們身邊嗎？」

「當然囉。」

「那麼為什麼佛法告訴我們，要像對待前世的母親一樣對待一切眾生呢？就算有人曾經重重地傷害過我們。」

「啊！」席德微笑道，「這就是『解藥』和『真理』之間的區別。」

「繼續說啊。」春喜夫人要求。

「解藥幫助我們培養一種有助於內在成長的心態。佛法有很多種解藥，很多的『反向練習』。」

這讓我想起瑟琳娜在「須摩提水療中心」的花園與賓妮塔見面時，使用了同一個術語。她告訴賓妮塔要找出一個「心靈法寶」，一個「護身符」，每當發現自己墜入沮喪的深淵時，這樣東西可以給她帶來真正的快樂。

「比方說吧，」席德說：「那些總是惹惱我們的人，我們不會用同樣的方式去對待他，而是把他當作是珍貴的財富，因為他們有助於我們培養『耐心』這個最寶貴的品質——這是我們的朋友很少做得到的。」

春喜夫人點點頭，她對這個概念很熟悉。

「這是解藥，」席德繼續說：「因為它幫助我們善用所處的情境來培養更強大的心，而不僅僅是生氣。」

「對啊，對啊。」

「我們周圍的人也是如此。他們可能是我們前世的母親，由於我們不是千里眼，所以並不知道這一點是否屬實，但採取這種觀點可以幫助我們避免對陌生人太冷漠。這是一種心靈訓練，讓我們更容易長養慈悲心。」

瑟琳娜若有所思地說：「媽，當然不是每個人都有像我們這樣的關係。在這種情況下，我們可以把其他人當作是我們曾經很親密的朋友，我們的愛人，某個我們特別親近的人。有很多可能性。」

「好，」她的母親同意道：「這是一整本充滿各種可能性的小綠本。但他們有一些人已經去世了。也有人，」她聳聳肩說：「誰知道他們在哪裡呢？我們不再聯繫了。」

「可是妳還記得他們？」

「當然囉！有一些人對我……影響很大。」她笑著說。

「儘管這段關係已經過去了，」席德指出：「但印記還在。會在未來發揮作用，無論是正向的，還是負向的。」

「我想我們必須盡一己所能，」瑟琳娜邊思考邊說：「讓每一段關係都盡可能有正向的結束。至少從我們這邊來看是正向的。」

「確實如此，」席德同意道：「盡我們所能，但別人要怎麼想是我們無法控制的。」

「那麼，有些人我們從未見過，但對他卻有強烈感情，他們所留下的印記呢？」春喜夫人想要知道，「像政治家？」

席德聳聳肩。「一樣啊，我們可能認為他們的政策錯誤，或不喜歡他們的行為。可能有某樁引人注目的刑事案件，某人因為駭人聽聞的罪行而被判刑。然而，如果我們相信仇恨、報復、惡意，那麼，我們就會因為一個完全陌生的人，而在自己的心流當中留下負面的印記。」

一時之間，車內每一個人都在咀嚼著這個令人不舒服的體認。未來，有多少不幸是因為對一個素昧平生的人或生物有敵意而造成的呢？

短暫沉默後，春喜夫人問席德：「你說過『解藥』和『真理』之間是有區別的。那麼，什麼才是真理呢？」

「假設一個我們想要修習『捨心』的狀況，」他回答道：「那真理就是：所有眾生和我們都一樣，都希望得到幸福、避免痛苦。」

「這是用不同的方式來培養慈悲心，」她確認道：「而不是把所有眾生都視為自己曾經的母親。」

席德點點頭，打著左轉的方向燈，然後減速開上家裡的車道。「當然啦，佛陀最究竟的真理，」他低聲說：「是空性。是事物存在的本然樣態。一旦我們對這一點有了一些了解，即使只是有點概念，也會開始用完全不同的眼光去看待一切。」

親愛的讀者，有三個東西是藏不了多久的：太陽、月亮與真理。這句話不是某位聖人說的嗎？也許是達賴喇嘛，甚至是佛陀本人？到了我這年紀啊，要把曾經聽過的所有金句都歸回到正確的出處，那可是很耗神的。可以說，無論羅倫佐神父、烏瑪以及隨後所發生的一切，那當中有何隱情，全都會在那天晚上揭曉。席德和瑟琳娜家塔樓頂層的空間，是一個視野最開闊的全景房，周圍的鄉村景色清晰可見，彷彿過去的一切也即將清晰地開展在我們面前。

不久後，羅倫佐和賓妮塔在車道上現身，兩人正傾心交談。那時，瑟琳娜、春喜夫人和我已經到了樓上，瑟琳娜也點燃了華麗的黃金燈架上的蠟燭，並播放舒緩怡情的音樂。席德在走廊碰見這一對後，便領著他們上樓。

這是羅倫佐第一次來到這棟房子，他很喜歡這裡。步入塔樓時，這地方感覺上彷彿被喜馬拉雅山的落日餘輝所籠罩，漸融的冰帽紅得好似夕陽中的櫻桃。當他盡情欣賞完這片令人陶醉的光輝後，賓妮塔帶他來到對面的窗邊。

「那裡就是重新蓋好的小屋，」她指著遠處春喜夫人的家。「小屋的後面就是花園。花園的盡頭……」

「是來自阿馬爾菲的傘松。」他用勉強聽得見的低音說完這句話，然後轉向其他人，淺褐色的瞳孔裡很激動。

「來、來。」春喜夫人坐到沙發上，拍拍旁邊的座位，「我們想知道所有的事。」

大家都拿到飲料之後，春喜夫人、羅倫佐和我同坐一張沙發，席德和瑟琳娜坐在對面，賓妮塔則坐在我們的貴賓羅倫佐身旁的錦緞矮凳上，然後羅倫佐開始為我們講他的故事。半個多世紀以來一直被謎團籠罩的故事，就由他來填補了好幾段缺口。

許多年前，前神父羅倫佐．孔帝在火災中遇害後，他的妻子烏瑪只在麥羅甘吉停留了足夠安排他的告別式和埋葬事宜的時間，然後就匆匆離開了。羅倫佐說，她真的不知道是誰放火燒了他們小小的家，也不知道動機是什麼。她始終都不知道。她只知道燒死她丈夫的人，很可能也想燒死她。

她一到新德里，羅倫佐．孔帝的父母雖然心痛不已（她從未見過他們），還是邀請她去義大利探望他們。她沒有其他計畫，錢也快沒了，便接受了邀請，並受到了整個孔帝家族的熱烈歡迎。她發現自己懷孕後，他們勸她留在佛羅倫斯附近的自家別墅，直到生下兒子，並取名為保羅。這位保羅就是現在坐在這裡的羅倫佐的父親。

自保羅出生的那一刻起，烏瑪的公公托馬索．孔帝就竭盡全力讓烏瑪和剛出生的孫兒留在義大利。他是家族製筆公司的創始人，也是一位立志要傳承技藝的成功商人，他的願景是讓自己的公司世代相傳，成為義大利最負盛名的書寫工具製造商之一。為此，他需要繼承人。

最初，因為烏瑪心中仍有恐懼，要說服她遠離印度並不難。後來，她在新世界站穩了腳跟，也逐漸了解托馬索對孫子的摯愛，便體認到業力已經把她推上了這條意外的路，不過，她還是常提回家的事。烏瑪是個靈性層次很高，也沒什麼物欲的女人，可是她的家人在阿馬爾菲海岸的拉維羅（Ravello）買下一棟小度假屋後，她強烈地受其吸引，最終讓自己成為房子的主人。

她從未再婚，羅倫佐是她的唯一真愛。後來，孔帝家族再度遭逢厄運，她已故丈夫唯一的兄弟因摩托車事故而喪生了，小保羅成了家族企業的唯一繼承人，烏瑪便不再提回印度的事了。

保羅繼承了他祖父的特質——忠誠、精力充沛，有無盡的才華去處理困難的工作。長大後，他娶了一位美麗的威尼斯女孩，並成了三個孩子的父親。同時他也超越了托馬索做生意的目標，將家族企業所製作的著名書寫工具行銷至全球各地，聲譽日隆。

羅倫佐的哥哥喬瓦尼也追隨他們父親的腳步做生意。妹妹瑪琳娜則是家族中的美女。根據所有認識羅倫佐神父的人所說，老二羅倫佐長得比較像他從未謀面的爺爺。而且，他和烏瑪的關係也很特殊。他會去阿馬爾菲海岸找她共度假期，也喜歡聽她講關於爺爺的故事——那位前往印度探索的神祕主義者、冒險家和夢想家。

烏瑪奶奶也教他冥想的方法。他們一起坐在拉維羅的住家陽台上，吸著松樹香氣，凝視地中海一望無際的鈷藍色，同享持久的平和境界。

「在三個孫子中，我跟奶奶最親，」羅倫佐說：「透過她，我感受到了與印度的連結，有一種熟悉的感覺，儘管我從未去過。我知道印度對她和爺爺來說意味著什麼，那是一個充滿著超然的無限可能的地方，是一個讓靈性旅人回到家裡的地方。」

在塔樓空間的光燦中，我們每一個人彷彿都是孔帝家族的密友。我們都把羅倫佐帶進自己內心裡，他也把我們帶進他內心裡。羅倫佐神父和烏瑪的故事，就是在這片土地上演過的一齣戲，已然成為我們共有的歷史的一部分，而他們曾在我們這個世界某角落裡的位置，現在也與他有了連結。

他一一看向眾人的雙眼，然後，目光落到了地板。「去年一月，奶奶過世了。」他說。「接著，我爸爸也在夏天過後去世。一年之內，我家遭受到兩次重大打擊。」

春喜夫人不自覺地伸出手來安慰他。

「我的哥哥喬瓦尼，吃飯、睡覺、呼吸都是生意，他必須迅速接替父親的位置，他已經被工作壓垮了。另一方面，」他聳聳肩說：「我對於從商並不那麼熱衷。我一直在處理家族事務。父親的遺產，這相當複雜。也處理奶奶的一些遺物。

「我爸是很突然去世的，心臟病發作。他死的時候，還沒能處理好奶奶的骨灰。奶奶總是告訴我們說，她並不在乎怎麼處理她的遺體。我在他家裡的書房找到了她的骨灰盒。我覺得很奇怪的一點是，對於處理骨灰這件事，他一直很猶豫，這不像是我父親的作風。

「然後，我翻閱奶奶自己的幾篇手稿。在那裡面，我找到了她幾年前寫的一張便條，說想要把遺體埋葬在她丈夫的墓穴旁。」羅倫佐抬起頭，「那時我才知道我爸在猶豫的是什麼。某種程度上，我覺得她是想要與印度、與羅倫佐神父團圓，即使只是象徵性的。我爸也知道這一點。他當時很有可能有在計畫來麥羅甘吉，想要實現她的願望。

「難怪你之前會問，」春喜夫人驚呼。「墳墓的事。」

「對。」

「你覺得他有可能埋在這裡？」

「對，」羅倫佐看著她的時候，臉上滿是痛苦。「我不是很確定，但奶奶好像告訴過我，爺爺被埋在離小屋不遠的樹林裡。我真希望有機會可以問她，讓她告訴我確切的位置。可是你們看，她想與他合葬這件事，我一無所知。是她死後我才知道的。」他搖搖頭說：「不管怎樣，如果爺爺的墳在這裡的話，」他看著瑟琳娜和席德，「你們應該早就知道了。」

瑟琳娜轉頭看向席德，臉上帶著詢問的表情。

「我現在懂了，為什麼我問的那些問題，那些公務員會一頭霧水，」羅倫佐轉向賓妮塔，「因為我在找的人，他們根本沒有記錄他的資料，他是被葬在一個沒有立碑的墳墓裡。」

席德沉默了一會兒才開口說話。他的聲音一如往常既清晰，又有威嚴，柔和的印度口音中含藏著身為大君的底蘊。但在他話音的流動中，似乎暗示著承諾。「我只想說幾件事。」他輕聲說：「我們不知道有墳墓。我們所知道的真的就這麼多。然而，我們也從來沒去找過，根本不知道那裡有墳墓。」

「我媽媽的花園——你爺爺的花園——直接與樹林相通。」瑟琳娜解釋說：「樹林很茂密，我們幾乎沒走進去過，也從來沒有好好地去探索過。」

太陽已經完全沒入地平線下，流進室內的唯一自然光是山峰冰帽的折射——此刻是一道不可思議的閃亮粉紅。羅倫佐的眼中浮現出嶄新的神采。一種愉快的輕鬆感，是完全意外地重新點燃了希望的感覺。

「你說你有幾件事要說？」他看向席德，並提示他。

席德點點頭說：「我們買下這處房產時，鑑定人員給我的報告書上並沒有提到墳墓，」他的聲音很平靜。「但我確實記得，他說傳言這片土地上有一座神殿。那位鑑定人員在這一帶住很多年了。當時，我們主要是想確認這裡可否自建住宅。但如果說這座神社事實上是一塊墓地呢？而且，不是自古就有的？羅倫佐神父的墳墓很可能就在那裡，這不是不可能。」

羅倫佐站起來，轉身凝視著一片粉紅光照的露台，春喜夫人的小屋窗台在漸深的暗影裡一閃一閃的。小屋後方，有燈光照明的小花園一路通往那棵高聳的傘松，突破黑暗，持續伸展，那是羅倫佐神父本人仍然健在的標誌。

「我原本以為旅程快結束了。」羅倫佐的聲音很平靜。「我以為已經做好我所能做的了。這裡已經沒我的事了。行李箱也已經收拾得……差不多了。今晚打算獨自在飯店看看書就好。可是，事情不是那樣……」他轉過身來面對這群人，立即與賓妮塔四目交接，「所有這一切！」

賓妮塔伸出手，將他迎回原來坐著的地方，她眼中的懇求與他的憂思一樣強烈。他看向席德時，他的主人告訴他說：「等到白天，我會安排人員好好搜查一番，這不難。」

羅倫佐若有所思地點點頭。

於是，瑟琳娜說：「我們有個朋友是旅遊業的。如果可以重新安排你的航班呢？」

那一晚稍後，我回到窗台上，眺望月光下的寺院庭園，回想起羅倫佐初遇賓妮塔的感覺。而席德後來回憶起眾所周知的教義，亦即因為「執著」，我們會生生世世受到吸引，而回到某些人身邊或某個地方。

我想到春喜夫人和她的小綠本。在她的上輩子，我的名字是否有寫在一本虛構的本子裡？如果有，那我叫什麼名字？另外，若是這樣子的話，那她的名字呢？很明顯我很愛吃，但除此之外，還有什麼可以解釋，我們這一世為何有特別親密的關係呢？

幾年前，有人向我透露我是怎麼來到達賴喇嘛尊者家裡的。儘管那種想法令我深感不安，但我自己也察覺到，我前世的確是達賴喇嘛的狗！這肯定不是我有何靈性成就，而讓我能以貓科動物這種比較高層次的形體重回到他的私密居所——相反地，是我對他有執著才能做到這一點。正如席德所說，**我們的執著和厭惡，伴隨著我們的意識之流，正是推動我們進入未來經驗的東西。我們的執著和厭惡，就是事物為何在我們眼中是「那樣」的原因。那就是吸引力之爪。**

那天晚上，當我把頭枕在雙爪之上，閉上雙眼之時，席德所說的「你甚至不需要真的認識某人，就能產生依戀、執著或厭惡」這句話，引發最引人入勝的領悟。親愛的讀者，這句話不僅僅與我切身相關，更重要的是，也與你切身相關。

達賴喇嘛可能是你從未見過的人，或者也可能只有短暫或遠距離的一瞥。至於我，除非你有幸在「喜馬拉雅．書．咖啡」用餐，在合宜的時刻參觀過尊勝寺，或在「須摩提水療中心」參加過聲音療法的課程，否則，你能見到的我，最多就只是在線上聆聽尊者於 Zoom 講法時，有一條華麗的灰色尾巴撩人心扉地一掃而過。

不過，話雖如此，我們還是有所連結的，你和我，不是嗎？我們之間依戀執著已然形成，最為吉祥的印記已然創造。這不僅是為了讓我倆將來能再次連結，也是為了讓你能夠遇見佛法。無論聖哲屆時會如何顯化，都與非凡的他連結。甚至也可能是與尊者本人連結。

願慈、悲、喜、捨充滿宇宙空間一切無量眾生的內心與思想。在我心甘情願進入我自己的天堂、另一個須摩提、無量光佛（即阿彌陀佛）的故鄉之前，以上就是我在那一晚的最後一念，每一夜也都是同樣的這一念。

第八章　牧者般的菩提心

愈來愈習慣菩提心之後，它就不再只是心念的一個對象，一個觀念。菩提心成為了我們真正想要體現的東西。你可以說這就像是透過太陽眼鏡看世界那樣。你已經對菩提心很熟悉了，菩提心已經成為你看待事物的方式了。

親愛的讀者，你……是間諜嗎？倒不是需要隱瞞國家機密那一種——不過，如果你是的話，那也真是相當有趣！一想到我的讀者群當中，可能有一位正過著神神祕祕的雙面人生，我的鬍鬚就抖起來了。我所指的也不是愛管閒事的鄰居，就是對隔壁人家所進行的日常活動太有興趣的那一種。

不。我所指的間諜是佛教徒類型的，他不僅深獲認可，還受到積極鼓勵。這種人總是對自己的每一個念頭保有持續的警覺與觀察，對自己本身的思考與情緒進行全天候的監視。

當然啦，喇嘛們不會說自己是間諜。至少，不會經常講。他們用的術語，其實是「內省意識」，或者，說得更直白些，是「注意自己的心念」。然而，這全都是同一回事，不是嗎？所監視的這個目標對象，常常都在悄悄地忙他自己的事。那就去看看他都做了些什麼，還有，他所做的事會把自己引向哪裡去。還要留意他的每一個習慣和弱點。

就這樣，一個人對自己行為的熟悉程度就會逐漸加深——尤其是那些與優先選項背離的行為——在日積月累之下，簡單的觀察行為，就能開始改變所觀察到的對象。

我自己內心的間諜活動，就像我所做的許多事那樣，大多數都是零星瑣碎的。不過，有一個念頭似乎真的成了我的心靈護身符呢！那是有一天下午，當瑟琳娜在「須摩提水療中心」的花園裡為賓妮塔獻策時，我為自己選出來的心靈法寶：「我好幸運能夠成為達賴喇嘛的貓！」這個念頭是我很自發性地生出來的。接著，隨後的幾天和幾週，我都刻意去回想。畢竟，這句話是真的，就很真實啊！這是我可以輕鬆愉快地去懷想的一句話。

奇怪的是，連續幾週刻意使用護身符之後，我發現它開始會自動浮現出來。當我眺望尊勝寺庭園，或在隔壁房間的陽光下梳妝打扮，或在往「喜馬拉雅．書．咖啡」的路上暫停腳步，那時，腦海中便會突然浮現出這句護身符：「我好幸運能夠成為達賴喇嘛的貓！」啊，對，我的內在間諜因有感悟而說出這樣的話來了。這念頭再次出現——這次並不是刻意的，是意料之外的。而且，還有別的東西伴隨著這念頭出現。那是我或許早該預料到、卻怎麼都想不到的東西。親愛的讀者，這個東西的到來，是個令人頗為愉快的驚喜。

「我好幸運能夠成為達賴喇嘛的貓！」在羅倫佐吐露出重大訊息——與賓妮塔交心——後的翌日早晨，就在我跳下樓梯，沿著建築外的邊緣移動時，這個念頭再次浮現。那日清晨我一覺醒來，正好趕上平常凌晨四點開始的冥想，然後我才想起來達賴喇嘛去新德里了。儘管如此，我還是心懷最大的善念，坐到冥想墊上我常坐的位置。

唉呀！睡眠征服了我。尊者不在場，我就沒了清明與光，很快就感覺到被無聊的陰霾淹沒。等我醒來時，整棟建築已經熱鬧滾滾了。

春喜夫人在樓下廚房為達賴喇嘛次日要招待貴賓的午宴備餐。像往常一樣，她也同時替尊者的員工做了一些家常烘焙點心，嗡嗡作響的烤箱飄出溫暖的烘烤香味。而且，原來這次還包括有席德找來的搜索隊隊員。當她在廚房裡走來走去，同時準備著幾道不同菜色時，她也在告訴奧利弗前一天晚上所發生的事。

因為我在夜幕降臨後就離開了席德和瑟琳娜的家，所以沒聽到瑟琳娜問羅倫佐飛往義大利的航班是否可以改期的事。從春喜夫人向尊者的行政助理解釋這件事的模樣看來，這事應該是搞定了，而這位助理就坐在廚房凳子上，小口啃食著剛出爐的瑪德蓮蛋糕。

昨晚，席德已安排了一支搜索隊尋找羅倫佐神父的墳墓。他自家的員工，加上「須摩提水療中心」的工作人員、朋友、鄰居與當地歷史協會的幾個人，大家將於半小時內在路上會合。前一天晚上，席德和羅倫佐邊用晚餐，邊研究了整座莊園的地圖，並已決定好搜索路線。春喜夫人告訴奧利弗說，她一把菜餚備好，也會回家去幫忙找，還會帶上午的點心給大家。

奧利弗上樓去開始他一天的工作之後，春喜夫人一看到我駕臨，便熱情地把我抱起來，並很快地在廚房桌面為我送上專屬的茶點。我津津有味地狂舔那個盛有鮮嫩鮪魚佐起司醬的碟子，而春喜夫人則在廚房四處走動，低聲唱著納金高（Nat King Cole）的歌曲，她滿懷期待的心情時總會這樣做。

我吃完這頓飯，心裡又浮現：「我好幸運能夠成為達賴喇嘛的貓！」於是，從清空的碟子上抬起頭來，心滿意足地環顧四周，先用滿滿鮪魚味的舌頭舔了舔爪子，然後才開始洗耳朵後面。

「我墜入愛河時，」春喜夫人發出柔和的顫音，那個音就快要唱準了，卻又唱得不是那麼成調，「將會……」

「媽！」瑟琳娜突然出現在廚房門口。因為廚房裡滿吵雜的，我都沒聽見她車子的聲響。「他們找到了！」

「什麼？」

「墳墓！」她眼裡透出得意之色。

春喜夫人看了一眼烤箱上的數位時鐘，「可是，都還不到上午十點啊！」

「我們幾個人天一亮就出發去找了，」瑟琳娜告訴她：「席德、羅倫佐、賓妮塔和我。還有幾名員工。」

「離我家近嗎？」春喜夫人的眼裡閃著興奮的光。

「妳知道那條路嗎？我們有時候會從妳家旁邊走的那一條？就是他們把草坪搬進來那一條？」

「嗯。」

「那條路一直走，就會走到山那一邊……」

「繞過一個彎。」春喜夫人插嘴道。

「就在轉彎後沒多遠，」瑟琳娜告訴她：「就是那裡。」

「在右側？」她問。

瑟琳娜搖搖頭，「是左邊。」

「但左邊沒地方呀！只有大石頭、藤蔓植物。」

「這就是為什麼我們都只是經過而已。我們一直以為那裡是一堆石頭。也是沒錯啦，可是，如果把植物清一清，就會發現裡頭還有一座挖好的墳。」瑟琳娜從口袋裡掏出手機，給她媽媽看照片。

春喜夫人戴上眼鏡，端詳著螢幕。「藏得很好耶！」

「奶奶特意這麼做的。」瑟琳娜同意道。

「那你們是怎麼找到的啊？」

「其實是賓妮塔找到的。她找的方向，跟我們其他人不一樣。」

春喜夫人塗著睫毛膏的雙眼緊盯著她，滿臉問號。

「我們都在地面上找，撥開樹葉樹枝，尋找墓碑啦或其他標記。賓妮塔後來告訴我們，她也會抬頭看看樹，她對傘松是有想法的。還記得昨晚羅倫佐告訴我們說，羅倫佐神父有兩棵樹苗存活下來嗎？」

「記得啊。」

「我們知道有一棵在妳的花園。賓妮塔的想法是，墓地很可能就在另一棵傘松附近，」瑟琳娜說。「結果證明她猜對了。」

「森林裡還有一棵松樹？」

「就像妳這棵一樣——又高又直，」瑟琳娜證實道，「就在墓地的正上方，周圍有很多其他植物，除非有心找，否則根本不會注意到它。他們埋葬羅倫佐的爺爺時，很可能還只是一棵小樹，但現在……」

「樹根往下長？」

「沒錯。都長到他的埋身處了。」

「那這個呢？」春喜夫人指著螢幕，「上面寫什麼？」

「『我靈魂的另一半在此安息』，」瑟琳娜讀出來，「還有他的名字：羅倫佐·孔帝，一九一三年十月四日至一九五九年四月十八日。」

「我懂烏瑪的感受。她覺得自己失去了另一半。」春喜夫人少見地流露出一絲哀傷。她聽了這麼多關於這個寡婦的事，也很有共鳴。這時我想到，打從我認識春喜夫人以來，她就是個寡婦啊！「而且還這麼年輕。」

瑟琳娜雙臂環抱著媽媽，兩人擁抱了好一會兒。

然後，靠在瑟琳娜肩上的春喜夫人說：「現在，羅倫佐可以實現他奶奶的願望了。」

「對啊，」瑟琳娜同意道，她們鬆開彼此。「席德已經同意羅倫佐把她的骨灰安葬在神父旁邊。他們想要做點適當的小事情，要想一想在墓碑上可以寫些什麼字。」

春喜夫人心裡琢磨著。「或許是他倆都覺得真正有受到鼓舞的東西吧？」

「我們有稍微討論到這個，」瑟琳娜說，「根據烏瑪的說法，吸引羅倫佐神父接觸佛教最重要的東西是『菩提心』。」

「啊，對！」

「她說，在他生命最後幾年，『菩提心』就是讓他從這世界退隱，要專注在『冥想和深刻理解之上』的原因。」

「喔。」

這時響起一陣提示音，春喜夫人轉向發出聲音的烤箱。「那現在……」她追問道，表情特別多的面容也迅速變化著，「該怎麼處理這些吃的呢?!」

在達賴喇嘛傍晚回來之前，我有一整天的時間需要填滿。於是，便遵循我的日常慣例：早上待在尊勝寺，其實大多時候都攤在行政助理辦公室的文件櫃頂層；然後去「喜馬拉雅・書・咖啡」吃午餐、睡午覺。那天下午我正打算去「須摩提水療中心」看看時，卻聽到法郎說起那天傍晚要去「下犬瑜伽學校」。我已經很久很久沒去那裡聽課，也沒在那個可以直面山景的大露台上參與課後瑜伽冥想。我決定，是時候回歸了。

法蘭克和海蒂穿著知名品牌的瑜伽服，腋下都夾著墊子，一起離開咖啡館，我跟隨他們爬上陡峭的山坡路，來到路德維希教課的那棟樸素平房。令人放心的是，一切都沒變：同樣的招牌，字體已經褪色，同樣的狹小走廊上擺滿了鞋子的鞋架。串珠門簾後通往一個非常大的空間，面向喜馬拉雅山的全景。推開與室內牆面等長的雙折門後，門外就是露台，是課後喝茶與討論的聚會場所，有時還會聊到夜幕降臨之後很久很久。

在這裡，群山似乎距離很近，彷彿只要爪子伸得遠一點，就能觸摸到它們。在「下犬瑜伽學校」時，你會感覺到自己正在與群山直接交流。在他們面前做動作。呼吸著山間純淨的空氣。只要在這裡，你就能輕輕地脫離你平常的存在狀態，進入更加超然而平靜的狀態。

「下犬瑜伽學校」是在一九六〇年代，由一名年輕的德國男子路德維希（Ludwig）或稱陸鐸（Ludo）所創立的。著名的《西藏七年》（*Seven Years in Tibet*）一書的作者海因瑞希．哈勒（Heinrich Harrer）是陸鐸的朋友，因為他特別邀請，陸鐸才會來到達蘭薩拉。那時，達賴喇嘛及其隨行人員也剛剛抵達本地不久。陸鐸很快便認識了尊者，兩人之間也建立了友誼，所以我一遇見陸鐸，就知道他也是我的朋友。

陸鐸是一位嚴格、有紀律的老派瑜伽教師，現在已經八十多歲了。幾年前，他回德國後帶著他的侄女海蒂一起回來。海蒂也是瑜伽老師，他本來打算讓她接管瑜伽學校的。然而，她更為寬廣也更兼容並蓄的風格，引發了兩人之間的衝突。所以，她現在待在市區，在「須摩提水療中心」

開團體課，也跟咖啡館裡英俊的哥倫比亞咖啡師里卡多交往中。陸鐸和海蒂之間的分歧暫時消除了，但陸鐸還是他工作室唯一的老師。他曬黑的臉龐和白髮有點超越時空的感覺，藍眼珠還是跟第一次與我的海藍色凝眸相接時一樣靈動。

當晚的課依然按照他那一套完全可預期的套路。這就是課程重點，課程是由一系列具有全面提振效果的動作和體式所組成的——路德維格本人光彩照人就是明證。我從後方自己習慣的視野範圍觀察這些瑜伽士。所有的老學員都在場：席德和瑟琳娜——他們第一次見面的地方就在這裡；咖啡館的法郎；彈鋼琴的美國人尤因；還有海蒂，她在附近的水療中心上完課後仍然抽出時間來上她叔叔的課。

他們在同一個地方修練多年，彼此之間有一種親密感。他們有始有終，共同經歷的這段旅程既感熟悉，卻總也會有細微的不同。他們在攤屍式中躺了一段時間後，便從墊子上起身走上大露台，然後在夕陽下，聚在一塊兒啜飲大口杯裝的綠茶。

露台上鋪滿手工編織的地毯，並擺放著懶骨頭、靠墊和抱枕。沒多久，大家全都面對面地圍坐在陸鐸身旁；我也和大家一起，坐在陸鐸和瑟琳娜之間一個褪色的琥珀色坐墊上。話題很快就轉到羅倫佐·孔帝的故事。這位來自義大利的英俊異鄉客來到達蘭薩拉，任務是尋找他爺爺的墓，而實際上，就是任何有關他爺爺的事物。原以為徒勞無功，但就在他回國前夕，事情發生了戲劇性的轉變。

法郎和幾位咖啡館常客早已知道這故事的一大部分了，其他人也很快就跟上最新進度。瑟琳娜分享當天早上的消息——長期默默無名、且遭到忽視的羅倫佐神父，他的墓地是怎麼被重新發現的，以及他的孫子打算把神父已故妻子的骨灰安葬在他旁邊的事。這故事充滿了奇特的巧合，也有溫馨的結局，露台上的瑜伽士全都深深著迷了。

當上方的群山開始了自己的夜間儀式，冰冷山峰從黃金般的奶油色開始，反射出太陽的多重色調，同時人們開始說起小羅倫佐與他祖父的相似之處。羅倫佐神父在那個時代有多勇敢，拋開了歐洲的安逸的環境，冒險來到印度。然後，他發現這裡蘊藏著豐富的靈性財富時，甚至放棄了神父一職的安穩生活，放棄了他所知道的一切，並踏上他自己的旅程。

「他是先驅！」梅若麗大聲說道，她的觀點常常都很直白。「對於我們這些從西方來探索印度的人來說，他是拓荒者。」

「話雖如此，」席德指出，「他有找到東西喔，不是一直在追尋而已。」

「對，」瑟琳娜同意道。「而且他來的時候，有許多信念已經相當堅定了。但他不是個好相處的人。我們聽說，他很敏感又情緒化。」

眾人默默領略著這句話，海蒂接著說：「不知道是什麼東西讓他來到這裡之後還願意改變？」

「或說是什麼人讓他願意改變？」梅若麗調皮地笑了。

「或說是人與物兩者兼有。」尤因邊說著，邊從大杯子裡喝了一口茶。瑟琳娜點點頭。「羅倫佐今天早上告訴我們，他奶奶曾經說過，『菩提心』是他覺得最為崇高的動機。是他前所未聞的東西。」

「啊！」法蘭克嘆了口氣。眾人紛紛點頭。

「這完全有可能，」瑟琳娜繼續說道，看向梅若麗，「他在烏瑪身上看到了這種品質的體現，她是一個靈性層次很高的人。他第一次來印度，全部的精力都放在傳教、照顧窮人和有需要的人。對他來說，重點是……」她猶豫了一下才說道，「做事。然後他遇見烏瑪，我覺得他體會到光做事還不夠。」

「需要在自己身上下功夫。」席德輕聲說。

「沒錯。他發現到，如果真的想助人，自己內在的成長不僅是合理的，而是有必要的。之後，他就脫去了教袍，蓋了自己的小屋。從這世界隱退。」

有好一會兒，只有風吹過岡格拉山谷的呼嘯聲在林間蕩漾著音波漣漪，也帶來了十幾戶人家不同晚餐的飯菜香，那是香料菜色的新式融合，令我陶醉不已。

「這算是自相矛盾，對嗎？」坐在海蒂身旁的伴侶里卡多平常話不多，可是，他一開口，通常都是有益的觀點。從他一臉疑惑的表情可以看出，他不明白為何與世隔絕才能最好地助人。

坐在懶骨頭上的陸鐸一直保持沉默，此時目光銳利地注視著他。「這的確是一個非常大的悖論，」他證實道，「我到麥羅甘吉的第一個禮拜就遇到這種狀況，而且之後也一直遇到，雖說形式上有所不同。『為什麼佛教徒不開設更多施粥處？』這是滿常聽到的話。『甲、乙、丙等宗教團體都在幫助飢餓和有需要的人，那你們是怎麼回事？』或者說『你們怎麼能整天口口聲聲說慈悲，卻不肯伸出一根手指頭去助人呢？』」

瑟琳娜插話道：「還有人會說：『在山洞裡退隱多年，而不入世去做些有用的事情，這樣有什麼意義呢？』」

其他學生紛紛笑出聲來。里卡多並沒有掩飾他的困惑。

「但這是可以理解的。」席德輕聲說道，感同身受地看了里卡多一眼。

「菩提心應該是慈悲的極致表現，」里卡多說：「那麼，為什麼不奉獻出自己的一生，透過慈善工作來助人呢？」

「菩提心的真正定義，」陸鐸的聲音平靜而清晰，「是『因為他人的緣故，希望獲得開悟』。我們動機的根本處是其他眾生，不只是我們自己。目睹周圍的人正在受苦時，我們不僅僅希望他的痛苦結束，」他再次回頭看著里卡多，「而是希望徹底地結束，永遠結束。而實現這一點的唯一方法是讓他們直接了解實相的真實本質——空性。我們幫助他們做到這一點的最好方法，就是我們自己得到了開悟。

「即使養活世界上每一個飢餓的人，即使立即治癒每一個病人，我們的善意也只有暫時的效果。過不了多久，他們就會再次受苦，因為他們受苦的原因仍然存在於他們的心念之中。」

「是業力嗎？」里卡多問道，他已經在這兒住得夠久，足以了解基本的東西。

陸鐸點點頭。「我們之所以受苦，是因為我們所以為的世界根本是不可能存在的；是在外頭的、與我們分離的、與我們的心無關的。正因為如此，我們的言行就成了未來痛苦的原因，卻沒意識到是我們正在傷害自己。我們一直都這樣做。雖然別人可以帶來暫時的緩解，但是，在我們自己親眼看到真相之前，將繼續經受痛苦，也會製造出更多痛苦的原因。這……」陸鐸用食指畫著圈圈，「就是輪迴。受苦的循環，生、老、病、死，一直持續下去，沒有盡頭。」

「要怎麼讓它停下來呢？」他繼續說道，藍色眼眸在暮色中顯得好清澈。

「透過證悟空性。要如何讓他人永遠脫離痛苦？就是幫助他們也意識到空性。我們自己意識到空性後，就能把助人這件事做到最好。我們完全開悟了，就會擁有能力，而那些都是超越目前所能想像的。」

柔和的夜色漸濃，露台上的我們這一小群人，好似橫渡永恆之洋的乘客。我們都清楚意識到周圍無盡的黑暗，卻不為所動地朝向那個超越一切的、最為壯麗的目的地前進；連綿山脈的鮮紅峰頂，與山中流淌而出、直至下方許多山谷的深紅色河流，都在透露著那個目的地的訊息。

「有個比喻我很喜歡，有一個想透過醫藥助人的女生，」席德在短暫停頓後說道，「她可以當急救志工。經過幾天的培訓，就可以施行心肺復甦術、傷口護理，幫助受傷的人。這一切都非常有用處，而且可以立即開始做。另一個選擇則是，她去讀醫學院，那就需要七年時間才有資格救人。這樣看來好像浪費了很多時間，而無法馬上救助他人。可是，當她畢業後，她的助人能力將遠遠超過急救志工。」

里卡多邊點頭邊琢磨著這個比喻。「我們先培養開悟，這樣子才能更好地助人？」

「菩提心的三種方法？」瑟琳娜說道，抬頭看向陸鐸，滿心期待著。

他歪嘴笑了一下，回應她的目光說：「好吧，親愛的，妳來解釋一下。妳不用靠我了——謝天謝地！」

瑟琳娜看了看里卡多。「據說菩提心或開悟心有三種培養途徑。像牧者般的菩提心是所有動機當中最為無私的——把他人的福祉放在我們自己的福祉之上，只有在所有眾生都脫離了輪迴，最後才願意獲得開悟。像船夫般的菩提心則是，我們和眾生同在一艘木筏上，把所有人都送到安全的地方時，與他們一起得到開悟。國王般的菩提心是，當我們自己開悟了，處在最有能力的位置來幫助他人。據說，」她說，「這就是培養菩提心的途徑，不過，比較鼓勵大家採取牧者的途徑。」

「如果我們是瑜伽士的話，」梅若麗忍不住插嘴道，「那麼就可能會比較像船夫，因為我們會把自己和周圍世界的一切都看作是神聖的。」

「當中牽扯到很多。」過了一會兒，陸鐸確認了這一點。

一直很專心了解這一切的里卡多，看起來仍然一臉茫然。「有一件事我特別不明白，」他看著陸鐸，「我們都需要去了解、體驗空性，對吧？」他小心翼翼地說道，想找到適合的用字，「那如果是想要開悟的呢？」

陸鐸點點頭。

「要是那樣的話，必須練習單一焦點的集中力。」

「對。」陸鐸確認道。

「但席德剛才說，」里卡多指著他，「菩提心是慈悲的終極表現。」

「這也是事實。」陸鐸表示同意。

「那麼，如何才能夠一心專注於空性，同時又能考量到如何拯救他人，免遭不幸——菩提心呢？」

陸鐸、席德和瑟琳娜看著里卡多的眼神都充滿著最高敬意。

「年輕人，」陸鐸說，「那是一個大多數人需要練習多年後才會碰到的問題——如何同時修習菩提心與空性。」

突然間，我回到了尊勝寺，聆聽著旺波格西的開示，就是羅倫佐帶著他精美的筆記本和露娜版鋼筆去聽課的那天晚上。格西拉還伸出手，上上下下彈動無名指和食指，並說菩提心和空性就像鳥兒的雙翅，兩者都是開悟所需的。在每一個善意或慈悲的行動中都應該記得空性，這樣做就可以把幸福的世俗原因轉化為推動我們開悟的超然原因。事實上，達賴喇嘛也告訴「印度三十歲以下十大網紅」這兩個練習的重要性。

現在輪到陸鐸仔細考量要開口說的話了：「第一次聽到菩提心時，『我們要獲得開悟以便幫助眾生』這個概念是很新的，是不一樣的。熟悉菩提心需要時間，更不用說接受它了。這種無私的形式及其規模，對於大多數人來說是前所未聞的。

「然後，愈來愈習慣菩提心之後，它就不再只是心念的一個對象，一個觀念。菩提心成為了我們真正想要體現的東西。我們希望為自己承擔起這個責任，那麼它就不再只是一種心態——它也成了一種內在心境。漸漸地，我們開始透過菩提心的鏡頭來看現實世界，你可以說這就像是透過太陽眼鏡看世界那樣。你已經對菩提心很熟悉了，菩提心已經成為你看待事物的方式了。」

「由那個內在心境所推動的思考和情感，」陸鐸繼續說道：「就是我們訓練單一焦點專注力時的思考和情感。所以，我們並不是要同時思考兩件事，而是以我們為主體，以菩提心為動機，專注在對象的空性之上。」

里卡多緩緩點頭，「還有很多需要了解的地方。」

「對。」

「我很幸運，有你來為我開解。」

整個露台上，只有從室內照出來的光，陸鐸告訴他說：「這是我的榮幸。」

「有時候，」瑟琳娜說，「必須大聲講話來解釋佛法，這樣有助於我們澄清自己對佛法的理解。」

「我可能已經從旺波格西那裡聽過了，」里卡多表明說：「但是，需要理解的地方還是有很多。」

坐在瑟琳娜旁邊的法郎延續她的意思說道：「佛、法、僧有時候被比喻為醫生、處方藥和護士。這三者我們全都需要。其他比我們入門更久的學生——僧伽——他們常常有很多東西可以教我們。」

「的確如此！」瑟琳娜附和道。「多年來，在咖啡館裡，我聽過的很多事情都是用我從未想過的方式，幫助我更理解教義。」

「嗯，」里卡多感激地環顧四周，「我現在明白了，菩提心和空性是如何結合在一起的。如果我們真的想助人，為什麼必須培養這兩個東西。」

海蒂看著他的臉，握緊了他的手。「還有……」他微笑著說：「牧者般的菩提心。」

夜幕已經完全降臨，遠方冰雪覆頂的山峰只剩下淡淡的白色輪廓。山谷裡無數人家的窗戶上出現了橙色方塊，微風沁爽，也帶來了喜馬拉雅山松樹的清新香氣。

有一位三十多歲的西班牙女生弗拉維亞，長期學瑜伽，這是她第一次開口說話。「寂天（Shantideva）的詩，我最喜歡的是最後一章。」她低聲說道。

還沒等她開口，我就知道她要說什麼了。這是我很常聽到尊者反覆誦讀的一首詩。無論是與數百人在Zoom上對談、在家裡與少數受眾會面，或是只有我倆一起冥想。

詩中所表達的文字和情感令人既感熟悉，又超越時空。弗拉維亞用她甜美的聲音在黑暗中吟唱：

> 惟時空仍續，惟眾生仍在，願我常住世，解除世間苦。

優美的詩句令我心振奮，眼看著自己的思緒從平常關注之處，揚升到無限利他之境。在那個喜馬拉雅山的露台上，我們都受到啟發，揚升到了一個超越自我與他者的地方，在那裡，所有眾生都處在尊貴、恆常的喜樂狀態。

第九章　如果一粒麥子不死

要實現使命，種子必須面對徹底的毀滅。它的外殼一定要裂開，它所知道的有關自己的一切都必須改變。種子是一種植物，它遲早會結出更多的種子。我們的潛能就像種子一樣，與這個浩瀚宇宙同樣都是包羅萬象，也同樣偉大。

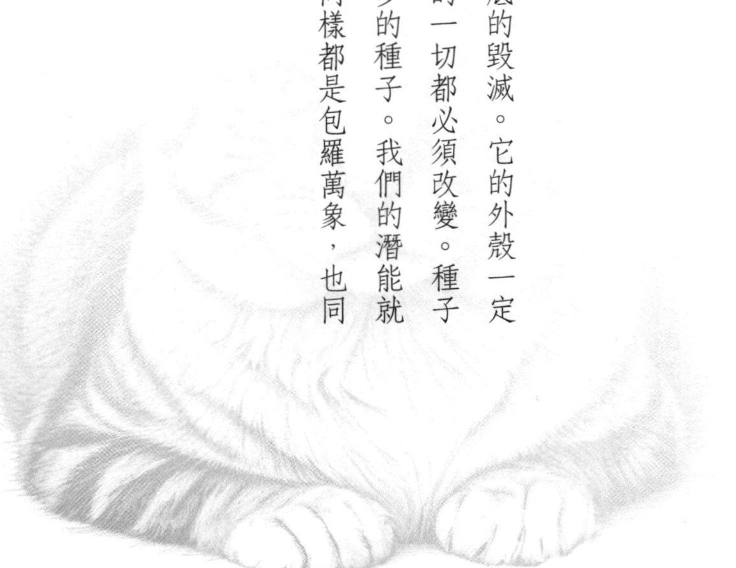

我是先聽見他的聲音，之後才見著他的人。某個陰霾的上午，我攤開四肢，倒臥在行政助理辦公室的文件櫃上，遠遠地便聽見樓梯間傳來了一陣爆炸式的男中音大笑聲，接續而來的還有更為強大的回音，而且愈來愈靠近。我立刻辨認出聲音的來源。不用任何提示，我腦海中浮現出來的畫面，就是那位最近才來到麥羅甘吉的男子。憑藉他獨特且富磁性的魅力，他好像早已是我們小社區多年來優秀的一員了。

有一名保全人員在門口徘徊，接著，丹增抬起頭來，點了點頭。過了一會兒，那個身形圓壯的人被領進了房間，只不過，他卻不尋常地身著西裝、打好領帶。

「布萊克・波冷坦因，」丹增和奧利弗都站起身來，他先與前者握手，接著再與後者握手。

「我真的不想打擾你們，可是我需要同意書上的簽名。」

「啊！」丹增看了一眼布萊克手中的文件，「大門口的攝影機嗎？」

布萊克點點頭，恰巧我正抬起頭來，他的目光被吸引到我所在的文件櫃頂層，「無所不在的貓！」他大喊道，好像覺得十分有趣。「她一定知道些什麼祕密呢！每次哪裡發生有趣的事，」他誇張地比劃著，「她就會在哪裡！」

丹增和奧利弗轉身面向我，臉上都帶著怪笑。「她確實有某種……」丹增很努力想找到合適的字眼。

「全知？」奧利弗提示道，眼鏡後的藍眼睛亮晶晶的。

「我想說的是『悟性』。」丹增的口氣有點開玩笑。「關於許多地點。還有人們。」他轉身面對訪客，用他那種需要意會的、無需言詞的外交表達方式，有點在暗示說布萊克．波冷坦因之所以會遇見我絕非巧合。

布萊克走到丹增向他示意的鄰近一張椅子坐下，然後這兩位行政助理回到他們的位置，開始研究起訪客帶來的文件。我回想起過去幾周，馬路對面的舊療養院那邊，原本頻繁出入的建築工和油漆工的貨車都不見了，取而代之的是各種園藝師、家具行和室內裝潢廠商的車輛。我從一旁花園雪松樹下的長椅這個戰略位置，綜合所觀察到的一切並推測，我的已故好友、藝術家克里斯托弗．阿克蘭的夢想——「破產的波西米亞老人靜養所」即將成真。

通常說來，有一棟離我家這麼近的破爛老屋要改造，這會激勵我多次前往現場勘查的。廠商的新鮮沙子所堆成的金色金字塔裡面，可以發現多少快樂啊！可是，舊療養院的車道太陡，我後腿又不太靈活，體力也不再像小貓那樣充沛。替代做法是，我必得要滿足於觀察來來往往那些生意人就好，並想像山頂上那座格局雜亂無章、雙層的殖民時期宅邸會有怎樣的轉變。

丹增瀏覽著布萊克遞交給他的文件時，我從他們的交談中得知，這棟新的靜養所將裝設安全圍籬和電動門，而且會在重新粉刷的圓柱上安裝攝影機，鏡頭不僅面向車道，也會朝向對面那座屬於尊勝寺的花園。因此，在安裝之前必須獲得尊勝寺同意。寺院原則上已經同意了，但還需要簽名。這算是例行公事，丹增便拿出鋼筆在文件上簽好名字。

布萊克費勁地起身，正在準備離開時，外頭傳來一陣疾促的腳步聲。達賴喇嘛在門口現身。

「尊者，」丹增說道，他和奧利弗迅速地站了起來，「這位是布萊克．波冷坦因，是馬路對面新建的靜修所主任。」他朝靜修所的方向做了個手勢。

「好、好！」達賴喇嘛低聲說道，雙手合十在胸前，以示問候。

布萊克微笑地回應著，臉上的光彩顯得特別純淨。

「很高興你能來到這裡。」尊者點點頭，「我聽說了新蓋的靜修所，在此有個請求。」

「尊者，請說。」

一如達賴喇嘛平常行事，布萊克．波冷坦因的出現突然變得一點都不意外了，他來填寫表格只是在為另一項更重要的任務鋪路——不過，布萊克並不知道這項任務是什麼。

「這邊請？」尊者示意布萊克隨他前往內室。

真希望那一刻我就待在我常待的窗台上。親愛的讀者，睡意阻礙了我——可我同時也確實知道，他們要是討論到什麼有趣的事，時機成熟時我也一定能查明的。頭靠在櫃頂上的我，重回溫柔小睡的懷抱，直到幾分鐘後被一陣爆笑聲吵醒，那是達賴喇嘛與布萊克．波冷坦因的笑聲混合在一起的聲響。他二人短暫會談後又出現在門口，並直視著我。

「真是不可思議！」布萊克喜滋滋地晃著腦袋，「班加羅爾（Bangalore）以九個三柱門的成績擊敗拉賈斯坦（Rajasthan）。」

他提到這個特定的運動新聞標題，對大多數人來說可能毫無意義，但是對我來說，卻極具個人意義。這件事已經很多年沒聽人提起過了，為什麼此刻又重新出現呢？

布萊克繼續注視著我，「她一定是全世界最幸運的貓！」他聲稱道。

「是的，」達賴喇嘛微笑著說，「也許我們是最幸運的人！」

白日緩步溜走，低空中的灰色雲團漸漸散去後，迎來了最令人意外的午後時光——純淨而美好，空氣如松樹般清新，充滿著希望。我決定去隔壁花園走走，此番布萊克・波冷坦因來訪令我好奇，我想看看舊療養院的大門有何改變。此外，還有另一個原因，那就是這座花園最近格外地重要。

賓妮塔和羅倫佐自從那天晚上首次見面以來，曾經多次回到雪松樹下同坐。賓妮塔生性保守內斂，儘管她明顯受羅倫佐的吸引，但她不是那種女人，是不會把男人帶回她與女兒同住的家裡的。而羅倫佐則是太有禮貌了，他感受到自己與賓妮塔之間有種不凡、甚至是形而上的關係，他不想輕易破壞。

這使得這個花園成了他們共度時光的理想場所——一個公共空間，但實際上卻非常隱密。是一片樹木圍繞的休憩地，這裡可賞山景，也可以像新戀人那樣一聊好幾小時，沉浸在探索的喜悅，發現彼此的熱情和魅力所在，忘情地在二人世界裡，不牽掛外界。

在那個特別的下午，我踏上往花園的路沒多久，在灌木叢之間到處轉，希望能找些新插枝的貓薄荷時便聽見他們的聲音。他們才剛走到花園，很快就在長椅坐下來。從他們不斷高漲的興奮感中，我敢說又有新發現了。

「他們是怎麼找到的啊？」賓妮塔盯著羅倫佐的眼睛問道。

「他們在清掃墓碑周邊。就是妳找到的那個，記得嗎？爺爺的棺材右邊還有一些空間，所以他們就在那裡挖了一點。只挖一個小洞，可以放進奶奶的骨灰罐就可以了。一開始，工人還以為只是一片樹皮。剛好卡在棺材邊上。」他邊說著，邊打開一個文件夾，給她看裡面的東西。

「是訊息嗎？」賓妮塔問。

「我猜是朋友的來信吧？」羅倫佐低頭看。

他們倆好專心，都沒注意到我在靠近，還跳到他們身旁的長椅上了，也在仔細查看著這個占據他們心思的東西。那是一塊老舊、沾滿泥土的黑色皮革，或許曾經是長方形的，但現在卻傷痕累累，也不對稱了。邊緣因年代久遠都磨損而變得破爛不堪。羅倫佐用食指和拇指，費了好些工夫小心翼翼地拿起這皮革片，輕巧地把另一手放在它下方，極其謹慎地翻轉過來，免得它分解粉碎。

皮革片上面附有一張深褐色的紙張，都已經糊了。上頭的手寫字跡也已經褪色，汙跡斑斑，幾乎無法辨識。只有幾個字很顯眼。

「羅倫佐，」賓妮塔念道：「小麥。」然後停頓了很長時間又說：「那是指田地嗎？」

羅倫佐點點頭：「我覺得是。好模糊……」

一個黑色痕跡完全遮蓋接下來的內容，然後他們異口同聲地讀出聲：「許多種子。」

他們沉默良久。「真是個謎啊！」羅倫佐低下頭。

賓妮塔把皮革片放到眼前，仔仔細細地查看，「底下是一個名字嗎？」她問。

「『羅倫佐』這個字在上面。最後面這個字難道是……約翰？」羅倫佐順著她手指尖往下看，臉上帶著猶疑的表情，「或許是朋友？」

「神父下葬後，有人來過嗎？」

「要是我幾年前有來就好了，那時奶奶還活著。」

羅倫佐轉身面對她，兩張臉之間的距離只有幾公分。「如果是那樣，」她脫口而出：「那你就不會遇見我了。」

「如果是那樣，」他們都笑了，他接著說：「那我很慶幸當時我沒有前來。反正都一樣，這個訊息仍然是謎中之謎。」

賓妮塔看著他，眼中滿是愛慕。

「我還是不知道該在墓碑上刻些什麼字，但我必須在今天之前告訴雕刻師。」

他的目光望向遠山，陷入了沉思。

「年復一年都過去了，什麼事都沒發生，然後，忽然間一切同時發生——命運在短短幾天內就決定了。」

就在這時，布萊克·波冷坦因那輛舊款捷豹開上了對面的車道，爬上小山坡車道時發出嘶啞的引擎聲，後座有兩個光頭的輪廓。

看著那車子漸漸遠去，賓妮塔直起身子，「關於墓碑，你知道你想表達什麼樣的感情嗎？」

羅倫佐點點頭。

「可是，你需要找到適合的文字，」她確認道。

「或是引用一句話。一些可以向爺爺奶奶致敬的話，表達他們倆都覺得很重要的東西。」

賓妮塔轉向他，表情突然明亮起來。「我想我知道誰可以幫這個忙。」

過了一會兒，她站起身來，羅倫佐也跟著站起來。他們要離開長椅時，我哀怨地喵了一聲。

「哦，尊者貓。我們一直忽略妳了！」賓妮塔轉過身來，

「是聖貓！」羅倫佐伸手撫摸我的頭。「她一直和我們坐在這邊呢！」

「我覺得她應該和我們一起去。」賓妮塔用一種我能聽得懂的語氣說道，羅倫佐顯然也聽出她的語氣，因為過了一會兒，他就把文件夾交給她，然後把我抱起來。他們穿過花園，接著過馬

路，走上新蓋的靜修所的車道時，他都一直把我摟在懷裡。他的義大利鬍後水是柑橘調性的，弄得我貓鬚抖了好幾下，無論他去哪裡，遙遠的地中海景致的氣息好像都緊緊跟著他似的。

我們一下子就走到了車道盡頭，這未免也太快了。一到那裡，映入眼簾的是靜修所建築的白色的外觀，華麗宏偉。陽台上、花園裡都有穿著連身工作服的工人在忙進忙出的。賓妮塔身著紫丁香色調的紗麗，在我們前方悠然飄動，她正在問布萊克・波冷坦因的行蹤，然後就被引領到一條鋪滿油漆保護墊的走廊。新刷的水性油漆，那氣味與地板蠟，還有黃銅拋光劑的味道混在一起，構成了一種令人眩暈的嶄新氣息。

「賓妮塔！」從走廊左側的一個房間爆出說話聲。

布萊克・波冷坦因在一間寬敞的接待室裡邊，正與兩位僧侶交談；他們跟他說話的神情滿是敬意。不曉得在講什麼事，不過布萊克放下他們，很快地朝她走來，「有什麼貴事嗎？」

「看得出來你很忙喔，」賓妮塔沒浪費時間，「可是，我們有一個請求。」

「來這邊吧。」他揮揮手讓我們從通道走下去，「天吶！」他看到羅倫佐抱著我時，喊了一聲，「達賴喇嘛的貓！我一天裡見到她兩次了！」

「她已經來過這裡了嗎？」羅倫佐問。

「我有看見她，」布萊克回答道，「你們三位一起來，這倒是第一次。」

沒多久，我們就被帶進他的辦公室——親愛的讀者，那真是別的地方沒得比的。室內空間寬闊宏偉，挑高的天花板，從對面的寬廣凸窗可眺望梯田草坪，連綿一片直到雄偉的喜馬拉雅山脈。左邊的牆內嵌有華麗的壁爐，爐台高到一般人肩膀的高度。右邊則是很長的一張紅木書桌，閃閃發光。羅倫佐走進去時，布萊克向他們示意咖啡桌旁有沙發和兩張靠背椅。

「請坐，」他請他們就座。

然後，羅倫佐用詢問的眼光看著他，他點點頭。

過了一會兒，他把我輕輕放在新地毯上，彷彿對待脆弱的書寫工具那樣。我可以自由漫步了！貓族會感興趣的是室內裝潢，而非其規模宏偉。布萊克．波冷坦因的新辦公室滿滿的都是我從未見過的物品，還有前所未聞的氣味——親愛的讀者，簡單說吧，這裡就是個名副其實的大寶庫。

「你的辦公室叫人大開眼界呢！」我們這三名訪客的感受都很明顯，而第一個把這話說出來的人是賓妮塔。

「真的好棒！」羅倫佐附和道。

壁爐兩側的書櫃從地板直達天花板，富有光澤的黑色新油漆，散發刺鼻氣味，不過，漆已經很乾了。我用後腿站立起來，朝那些低層架裡頭張望著，隨後跳了上去。裡頭的東西可不是尋常架子上放的那些普通書籍，這些書籍不僅是更加古舊，令人懷想遠方與久遠的年代，還有最令人料想不到的各種新奇事物散布其間。有個孔雀石大盒子，高度拋光、邊角鑲有黃銅，裡面裝滿了雞蛋大小的半寶石，像是虎眼石、紫水晶和粉晶等。再往前走，還有一些由深色木材製成的不知名的樂器，以及各式各樣人工打造的金屬鏈往上彎曲著。我試探性地嗅了一嗅。

「我的小擺設。」布萊克並不自誇，「從加州來這裡的時候，我把所有家當都運過來了。」

「真的嗎？」羅倫佐聽起來很感興趣，「加州哪裡？」

「聖安塞爾莫（San Anselmo），」布萊克回答道，「在馬林郡（Marin County），是美國的地中海岸——至少，我是這樣覺得。那裡感覺就像阿爾卑斯山山麓，但俯瞰的不是科莫（Como），而是舊金山灣。這是你能找到的最接近義大利里維埃拉的地方。」

「身為義大利人，」羅倫佐看著他的眼睛，高興地笑著，「我不得不說，真的是這樣沒錯！那是我一直很喜歡的舊金山地區，你把原因解釋得好清楚！」

當人類都坐下來的時候，我仍持續探索；但我已經體認到，這個滿是珍奇古玩的辦公室需要來很多很多趟才能熟悉。特別是，羅倫佐和賓妮塔所坐之處後方的牆面上，那一排一排的全都是非洲和美洲原住民部落的面具，令人驚歎不已。

我從書架跳下來，走到凸窗前時，有個像甕一樣的大物體吸引了我的注意力，就放在桌上，另一邊則有沿著窗戶曲線裝設的長型軟座。我一跳上那張長椅，就伸出爪子去摸這件最不尋常的東西，好像是從難以想像有多久遠的古代召喚出來的，而且是用一種我從未看過的物質製成的。

「尊者貓憑藉她準確無比的直覺，就找到這裡面最神聖的物品了。」我聽見布萊克的聲音遠遠地轟隆隆響著，「而且這件東西或許與她自己有最直接的關聯性。」

我抬頭一看，發現三名人類全都在看著我。「是印度古董嗎？」賓妮塔問。

羅倫佐仔細地研究它，「有可能是希臘的嗎？」他大膽試猜。

布萊克停頓了一下後回答說：「我會說你們各猜對一半，這件古董來自『犍陀羅』（Gandhara），是距今兩千多年前的印度——希臘王國。」

他的兩位客人肅然起敬地看著他，他繼續說：「你們知道佛陀的雕像是從犍陀羅來的嗎？釋迦牟尼從來沒有想過為自己塑像。然而，希臘人在他離世大約三百年後入侵印度，有些希臘人開始遵循佛陀教義，但是，他們沒辦法不塑像。他們很習慣用這種方式讓希臘諸神千古留名，所以也想為所崇敬的『人神』做同樣的事情。因此，他們留給了我們這個經典的佛陀形象，有地中海式的捲髮和頂髻。這個開悟的形象是後來愈向東方傳播開來，才變得愈像亞洲人的。」

「太不可思議了！」羅倫佐搖搖頭。

「那個石盒曾經裝有佛陀舍利子——至少，銘文是這樣寫的。」

「那石盒一定是古文物。」賓妮塔說。

「大約有兩千年了。」布萊克告訴他們。賓妮塔輕輕啊了一聲。

賓妮塔和羅倫佐同坐在沙發上，布萊克則面對著他們。他看了一眼，留意到他們帶來的文件夾已經打開了。

「光從外觀上看，就知道也是個非常古舊的東西。」他評論道。

「最近才出土的。」羅倫佐說，接著又講了他爺爺的故事。從布萊克坐在椅子上聚精會神地聆聽那模樣看起來，顯然，羅倫佐神父來到印度那趟旅程，充滿了宗教上的信念、他對信仰的強烈質疑，以及隨後發現了更廣闊的視野，這些都很動人，也有些熟悉感。羅倫佐還告訴他烏瑪和火災的事，半個世紀以來的資訊斷層與錯亂，一直到這幾天才奇蹟似地解了開來。這時，布萊克雙眼亮起來，他聯想到了各種可能性。

羅倫佐說完他爺爺墳墓旁所發現那片的皮革時，布萊克說：「給我看一下。」

「根本看不清楚啊！」賓妮塔告訴他。

「我喜歡精采的謎題。」他邊回答，邊拿起文件夾，還調整了一下眼鏡。

羅倫佐和賓妮塔坐在沙發上看著，我則安坐在凸窗這邊的長椅上，椅墊上鋪著柔軟的方格紋織品。我決定了，從今往後，我在布萊克．波冷坦因的密室裡的座位，就在犍陀羅石盒旁邊這裡了。決定這樣做之後，我便開始了一套活力四射的自我梳理流程，也確保我最為風格獨具的幾撮白色細毛都放好了，這個地方是我的地盤啦！

布萊克跟賓妮塔和羅倫佐一樣，一邊凝神盯著皮革片，一邊想出同樣的文字。

「好像是一個名叫約翰的人留下的訊息，」賓妮塔說，「我覺得就是末尾那個名字。」

布萊克把文件夾拿得更近，盯著它，然後大聲呼了一口氣。「對，沒錯！」他說著，把文件放回桌上，「的確是約翰留下的訊息。」

從他眼中的神情看來，他很明顯是知道更多事情的。

賓妮塔和羅倫佐都盯著他看。

「如果我沒弄錯的話，是聖約翰。福音書中最具有靈性的一節經文：『我實實在在地告訴你們，一粒麥子如果不落在地裡死去，它仍舊只是一粒種子。但如果死了，它就會結出許多種子。』」

羅倫佐抓起文件夾，頻頻點頭。「對！」他的語氣很興奮。他把文件遞給賓妮塔，「但我在想為什麼是這節經文？」

「也許這是神父最喜歡的，」布萊克猜測，「又或許別人就是這麼看他的。」

「可是，這是什麼意思呢？」賓妮塔從文件夾抬起頭來。布萊克靠回椅背上，「如果一顆種子認為它自己只是一顆種子，那麼，作為一顆小小、閃亮的、注定永遠保持那種狀態的東西，它永遠都無法實現它真正的使命，」他解釋道。「要實現使命，種子必須面對徹底的毀滅。它的外殼一定要裂開，它所知道的有關自己的一切都必須改變。種子的真正用途一點都不會是種子那樣的——種子是一種植物，正如經文所說，它遲早會結出更多的種子。」

「是詩節，」賓妮塔的眼睛閃閃發亮，「就像我們之前講到的那首——在咖啡館的時候？」

「出自《歌者奧義書》那一首？」布萊克確認道。「嗯。可以說，那是一首關於轉化的詩文。是一首體認到意識所在的詩文，」他把一手放在心口上，「**在這個蓮花聖地所蘊藏的可能性，遠遠超出了我們有限的肉體形態所能表現。我們的潛能就像種子一樣，與這個浩瀚宇宙同樣都是包羅萬象，也同樣偉大。**」

「基督教也有這種觀念？」羅倫佐很驚訝。

「哦，當然有，」布萊克點點頭說道。「這是同樣的智慧，但是，有許多不同的名稱——就是亞洲靈性傳統中所說的解脫（moksha）、覺（bodhi）、獨（kaivalya）、悟（satori）。就是認同無限與喜樂的狀態、有如宇宙般浩瀚、超越個體的人格性這種觀念。這些觀念早在耶穌降生之前很久就已經廣為人知了。像耶穌那樣去探究靈性的人一定也會對這些觀念很熟悉的。」

「我不知道耶穌有教過『超越』這種事。」羅倫佐說。

「在我看來，」布萊克刻意地點了點頭，「基督教發展的方式過度關注於道德和罪惡感，這是很大的遺憾，所以，除了心理層面的問題，基督教並不太關注自我的知識。大多數人都不知道耶穌最深刻的教導。」

「大多數人？」羅倫佐問道，「包括羅倫佐神父嗎？」

布萊克低下頭來，若有所思，然後點了點頭。「對他來說，可能來得太晚了，」過了一會兒他說道，然後再次迎接他們審視的目光，「納格·哈馬迪（Nag Hammadi）古卷軸的發現。」

賓妮塔和羅倫佐的表情看起來，很明顯他們並不知道他在說什麼。

「這些古卷軸是在一九四五年偶然發現的，有一個阿拉伯農民找到了一個大陶罐，裡面裝著經文抄本，那是在基督教時代初期開始流通的文本。耶穌死後，他的追隨者分裂為不同團體，對他的主要教義有著截然不同的看法。我們今天看到基督教團體之間的巨大差異，與他們剛創立的頭兩百年相比之下是微不足道的。」

羅倫佐和賓妮塔都專注地聽他講。

「我有時會想，」布萊克沉思道：「耶穌會不會也像佛陀那樣，是根據人們不同的理解力、傾向等等來教導他們。是用一種比我們所習慣聽到的，更為細緻的、更多層次的教法。」

「所以說到底，神並不是英國人囉？」賓妮塔調皮地看了他一眼，讓他想起了他在「喜馬拉雅·書·咖啡」闡述過的想法。

布萊克哈哈大笑。「天吶，不是啦！神是……嗯，耶穌是……一定要說的話，耶穌反倒很像佛教徒呢！從諾斯底文本來看，很難不發現其中的相似之處。其實，他們認為諸如處女懷孕之類的教理從一開始就是天真的誤解。真正的重點並不是馬利亞受孕的方式非比尋常，而是耶穌選擇降生是為了造福他人，不是像一般人那樣被業力推動才開啟他的一生。」

羅倫佐驚歎道：「他是菩薩！」

「沒錯，」布萊克點點頭。「我甚至聽過有些說法，」布萊克的眼睛閃閃發亮，「說東方三博士是佛教喇嘛，他們是遵循慣例來尋找在那裡重新轉世的開悟大師。」他聳聳肩道：「無論真相如何，在我看來，耶穌最深奧的教導有很多都被忽視、排斥或是誤解了。他一次又一次談到的『天堂』也被通俗化為白金漢宮的某種茶會，」他對著賓妮塔咧嘴一笑，「只有得救的人死後才能去那裡。然而，如果說天堂是一種超然的意識狀態呢？『在我父的家裡有許多住處』。」他用手指著羅倫佐的文件夾。

「那是《約翰福音》裡面的另一句話。許多住處？他講的可不是住宅區，而是各種意識狀態，就像其他宗教傳統所描述的，比這個世界更微妙的存在境界。」他若有所思地點點頭。「我們只有在放下了那些將我們束縛在這個現實次元的東西：傲慢的自我意識，之後，才能進入更高的意識。『凡想要保全自己生命者，將失去生命。凡是為了我的緣故而失去生命的人，將得到生命。』如果這不是在警告『我愛執』很危險的話，那又會是什麼意思呢？如果我們想體驗『我執無明』的反面——神性狀態——的話，那麼，擺脫佛教徒所說的『我執無明』是否至關重要？」

賓妮塔和羅倫佐坐在他對面的沙發上，專注傾聽，滿臉驚歎的神色。

「為什麼我們以前從來沒聽過這些？」賓妮塔問。

「這並不是我所知道的基督教觀念。」羅倫佐表示同意。

布萊克聳聳肩。「當代的資料來源有伊萊恩・佩格斯（Elaine Pagels）、巴特・埃爾曼（Bart Ehrman）和出色的方濟會修士理查德・羅爾（Richard Rohr），還有一路追溯到過往的修行者們。『智慧耶穌』的教導，其目的是喚醒我們的神聖能量，所需要做的冥想和努力並不會比佛教修行人少。這是一條你必須自己去走的路，花時間去覺醒內在神性，這要看你自己。然而，這也能理解，事實證明，他的這一教義並不那麼受歡迎；然而，說耶穌是我們不可能仿效的神聖存在這樣的說法，相較而言是更受人喜愛的，更何況，他還會透過教會的影響力來拯救我們。我們只要相信就好了，就會得救了。」

「打從早期一開始，」他嘆了口氣，「後來變成東正教教會的團體和其他團體之間的對立就很緊張。因為『早期正統基督教』教會掌權後，他們想要摒棄『你可以靠自己獲得拯救』這個觀念；他們想要你知道，你必須透過他們才能做到這一點。在羅馬君士坦丁大帝皈依之後，才真正改變了遊戲規則。基督教在西元第四世紀成為合法宗教，從那時起，任何帶有『諾斯底教』概念的經典都被稱為『異端』並加以銷毀。只要擁有這類經典就會構成刑事犯罪。在當時，在聖帕科米烏斯（St. Pachomius）修道院裡，有些諾斯底僧侶很可能太難過了，就把自己深愛卻遭禁的書籍藏在陶罐裡。這些書籍就這樣埋藏了一千五百年。」

有人敲門，是名印度男子。「比丘們快做完了。」他告訴布萊克。

「我再十分鐘就好。」他回答。

他回頭看向客人時，羅倫佐告訴他：「但願我爺爺知道這些事。」

布萊克想了一想說道：「重要的是，他找出了一條路。」羅倫佐凝視著賓妮塔。他們倆盡可能坐得靠近彼此，卻沒有真的碰觸到對方。

羅倫佐為了回應賓妮塔眼中閃動的神采，便問道：「我們其實是來徵求你的意見的。具體說來，就是我爺爺和奶奶的墓碑上要刻什麼字。」

「奶奶以前立的墓碑上，」賓妮塔說：「只簡單寫：我靈魂的另一半在此安息。」布萊克看了一眼書架，眼神意味深長。

「我們正在尋找一些有關他們兩人的事，」羅倫佐說：「或者與他們覺得重要的東西有關的引言，或許是一句話。」

「他們的內在旅程，」賓妮塔說，「就像出自《奧義書》的那句話。」

「你爺爺，」布萊克問道，「成了佛教修行人？」

「奶奶呢？」

羅倫佐點點頭。

「我覺得也是。」他說。接著苦笑道：「但她經常說，標籤不重要，你必須超越標籤。」

當他說出這些話的時候，布萊克靈光一閃，激動得跳起身來，「就是這句話！」他興奮地大喊：「她連自己的墓誌銘都給你了！超越！」

親愛的讀者，我不明白他的意思耶！顯然，羅倫佐或賓妮塔也不明白——直到他接下來的解釋。而他一開了口，他想到的解決辦法是這麼地完美、這麼棒又適切，兩位客人的眼睛瞬間亮起來，跟他自己眼中燃燒的耀眼動能同樣地晶亮。

不久後，他的訪客起身告辭。話題卻又轉向安葬奶奶骨灰的事。羅倫佐計畫在兩天後早晨來做這件事——只有他自己、席德、瑟琳娜、春喜夫人和賓妮塔參加這個儀式。從當下的情況看來，一個私人儀式是恰當的。但是後來，羅倫佐解釋說，他還想感謝當地社區的一些人，這些人以不同的方式提供他很重要的協助。例如，書店經理山姆，當然還有咖啡館的法郎和其他幾個人。賓妮塔的同事海蒂，和她叔叔陸鐸。還有布萊克。

「我知道春喜夫人……」他開始說。

「我們別拿這件事麻煩春喜夫人了，」賓妮塔堅定地拒絕了此一提議，「她目前的壓力已經太大了。」

「你剛剛是說，兩天後？」布萊克站起來，走到我坐的地方一旁的桌子，查了一下螢幕上的日曆。他停頓了一會便告訴他們說：「我有個提議。」

羅倫佐和賓妮塔正要走向門口時，她轉過身來看著我。

「我們都忘了某個人物了。」她說道。

「聖貓。」羅倫佐說。

這三人全都看著我躺在凸窗邊的格紋軟墊上，就在犍陀羅石盒旁邊。

「聖貓！」布萊克呵呵笑道，碰了碰羅倫佐的肩膀說：「你真的是義大利人啊！」

「尊者貓。」羅倫佐自我修正後這樣說。

布萊克微笑看著我說：「神聖一詞的字義是『療癒』或『使……完整』。我覺得她的存在很有療癒的效果，所以對她來說，『聖貓』是個好名字。」

「她坐在那兒看起來很安穩平靜。」賓妮塔評論道。

「的確，」布萊克說。「或許是本能引導她來到了她所選擇之處。她想走的時候，就有人來帶她回家。我正為這件事擬定具體計畫。」

他們三人離開房間後，柔軟的坐墊好溫暖，周圍廳房和花園裡工人忙碌的聲響好似安眠曲，哄著我輕柔地打了個瞌睡。

再次眨著睜開的雙眼時，我看見布萊克已經回到辦公室了，就坐在他與羅倫佐和賓妮塔談話時所坐的同一張椅子。這一次，他的對面是兩名比丘——從他們年輕的面孔看來，還是青少年。我猜他們很可能是來協助即將到來的住民安頓下來的，他們自願奉獻時間以換取練習說英語的機會。這兩位看起來注定會去海外讀大學。

起初，我對他們的會面並沒有什麼想法。每天都被形形色色的僧侶包圍著的我，看到有兩個比丘在跟布萊克交談，這並不是什麼不尋常的事。接著，我想起布萊克那天早上去過行政助理辦公室，那時，達賴喇嘛還把他請到一旁提出要求。不久之後，他和尊者回來了，布萊克還對多年前報紙上的板球頭條新聞大表驚訝，這些事引起我特殊的聯想。

突然間，我整個清醒過來，便專心研究起這兩個比丘的輪廓。很想知道他們在此時此地出現是否與達賴喇嘛的請求有關。我覺得他們是陌生人。不過呢……有沒有可能是……沙西和塔西（已經過去多少年，我都記不清了），那兩個小沙彌長大後的模樣？他們在很早以前，曾經是混跡於德里街頭的小乞丐，賣掉了我兩個兄姐的就是他們，還把我這個賣不出去的小東西用《印度時報》體育版那一張包起來。正準備把我扔進垃圾桶之際，恰巧尊者因為交通堵塞看到這一幕，震驚之餘，便前來救我。難道這兩位就是他們？

我最後一次聽到沙西和塔西的名字是在他們還是小沙彌的時候，當時我還能認出他們，正是那對毫不猶豫，就要把我當垃圾丟掉的小壞蛋。從那之後也過了十年了吧，他們早就長大了。這一回，他們又出現在我的面前，只不過我正躺在無價的佛教文物旁的格紋軟墊上。莫非這是某種因果報應？

他們討論了比丘們協助靜修所新住民的許多方式後，談話聲暫時停歇，接著布萊克清了清喉嚨。

「最後還有……一項指示，」他說這話的時候，語氣明顯比之前更嚴格些。

兩名比丘從頭到尾都很服從且回應迅速，表現出非常盡責的神態。

「我有一位客人，不是住民喔，她兩腿有點問題。我們這邊車道很陡，她在這裡出入很不方便。」

比丘們的臉龐充滿了同情。

「我認識她的時間不算長，但她已經在我心中占據了一個非常特殊的位置。在達賴喇嘛還有麥羅甘吉的許多人心中也是這樣的。」

比丘們恭敬地點點頭。

「白天的時候，她隨時可能會上來這裡看看。她來的時候，你們的工作就是去接她上來；她離開的時候，再把她送下去。」

「她是坐輪椅的嗎？」其中一名比丘問道。

布萊克搖搖頭，「你們要用抱的。」

「不會破戒的！」布萊克的聲音有種權威感，他的身體靠向他們，「最重要的是，要看好大門攝影機的螢幕。我們客人不會按電鈴。所以，要由你們來監控，她來了你們要知道。如果她看起來是想進來的，那就要去接她。」

比丘們繼續點著頭，但從他們狐疑的表情可以看出來，這位神祕女客讓他們憂心忡忡。

「明白了嗎？」布萊克問道。

「明白了，先生。」他們異口同聲地喊道。

「有問題嗎？」

過了幾秒鐘，其中一名比丘鼓起勇氣問：「我們怎麼知道她是誰？有照片嗎？」

「不用，」布萊克用嚴格的語氣繼續交辦這件事，「她就坐在那裡。」他手指向我這邊。

剎那間，比丘們都合掌於額頭，朝我的這邊恭敬地頂禮。

「達賴喇嘛的貓！」其中一人驚呼。

布萊克點點頭，「尊者告訴我說，你們都認識她的。」

「是的！」另一個比丘用有點難過的語氣說：「我們永遠都無法彌補當初對她造成的傷害。」

「哦，我覺得可以啊，」布萊克自信地反駁道，「她喜歡來這裡看看。我希望她能感覺到自己是受人歡迎的。你們會有很多機會對她奉獻的，而這是身為真正的菩薩的她應得的。」

他語音低沉，而比丘們的臉上有悔悟之情。我抖動前爪，華麗地向前伸展，並用深不可測的藍寶石眼眸凝視著他們。我對靜修所主任已有相當的了解了，已經能抓到他眼裡一閃而過的淘氣神情，那是怎麼也壓抑不住的。

第十章　我們多有福氣呢？

就算你住在地球上最偏遠的地方，如果你曾經創造了因緣，佛法一定會出現在你面前的。或許是一本書，或許是你遇見的某人。那本書或那個人會來啟發你，鼓勵你繼續修練。我們愈去滋養自己的修行，它就會愈來愈強大，生生世世。

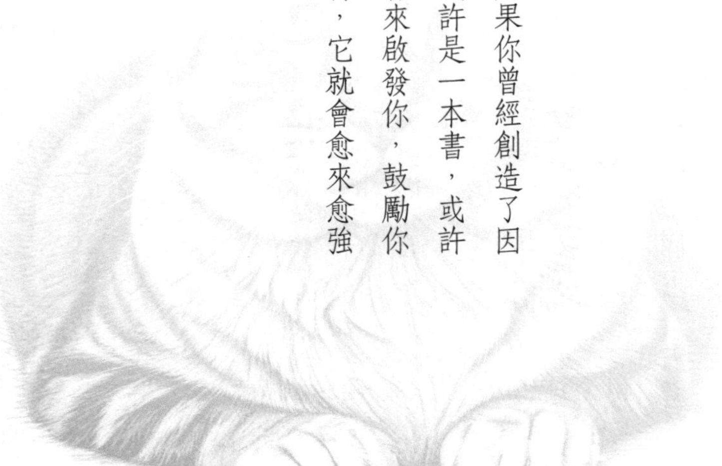

極致美好的日子，往往是出乎意料降臨在我們身上的日子。歷時數月策畫的行事曆活動、重大節日慶典、年度狂歡等等很可能是愉快歡樂的；然而，由衷自發的慶祝，會在不經意間將我們捕獲，那才是最叫人滿心歡喜的。不期而遇、意外重逢，那才能真正令我心歡唱——親愛的讀者，不是這樣的嗎？

對我來說，那最特別的一日不過是從一場安靜的散步開始。我沿著馬路前往羅倫佐埋葬他心愛的奶奶骨灰之處，而一旁就是最近才被找到的他爺爺的墳。這會是個不公開的場合。只有羅倫佐，還有那些對他的尋根之旅給予直接協助的人們：賓妮塔、春喜夫人、瑟琳娜和席德，當然還有我囉！

在通往春喜夫人小屋的車道上，我聞到了沖煮咖啡的香氣，還有剛剛出爐的烘焙氣味。我走到這裡的時候，花園因晨露而濕濕的，有五個人站在小屋外面低聲說著話。我早上必做的第一件事就是聞聞花床，那兒的氣味總是濃郁得多了。我仔細檢查了一些剛種下的灌木，享受著花叢和泥土的味道。他們好像全都預期我會去似的，我到達後不久，這群人就自動排成一個小隊，沿著花園一側的狹窄小徑走進了森林。我因為走路不穩，便走在最後面，席德會不時回頭張望，留意我的狀況。

正如瑟琳娜所描述，墓地離小屋並不遠，就在下山那條小路上。墓穴就在左側土牆內，通常都有藤蔓遮掩著。今天墓地露出，藤蔓修剪掉後，露出一面土牆，上面挖出一個整齊的方形洞口，基本上就是沿著羅倫佐神父的棺材旁邊，再向內挖掘了一段距離。

那天早上，樹林裡有一種很原始的寧靜感。陽光從參天庇蔭的傘松枝葉的間縫傾瀉而下，在斑斕的綠色植被當中形成了一道道輕盈又飄逸的光束。我們周圍的灌木叢茂密，綠草如茵，以杜鵑花叢為主，粉紅和深紅的花朵處處綻放。時不時有鳥兒離枝翱翔，身後則留下俯衝時悅耳動聽的鳴叫聲，隨而在早晨輕柔的寧靜中消散無蹤。

小路上鋪滿了粗麻布袋，還有一輛手推車，上頭裝著建築用的砂子和一把亮晃晃的新鏟子。羅倫佐雙手捧著一個小骨灰甕，其瓷器表面飾有蓮花圖案。他轉向賓妮塔，她就站在他身邊，後面跟著的則是我的春喜夫人、瑟琳娜和席德。我自己則在席德身後不遠處看著，小徑上的轉彎處給了我一個清晰的視野。

「這件事對我來說還是有點不尋常。」羅倫佐的聲音好似柔和晨風般在林間低迴。「我第一次來印度時，希望能夠找到爺爺的墳墓。也許在某個墓園，也許是某個公設機構。我做夢也沒想到事情會是這樣的發展，能與這麼友善的你們建立這樣的情誼。」他與他們每一位都四目交接。「還有，還發現了這個莊嚴的地方。」

不知從哪裡跑來一隻喜馬拉雅鶇，他停在附近枝頭，離羅倫佐異常地近。他的頭部轉來轉去，頭頂的時尚莫霍克造型冠毛也顫動起來，好像很注意他手中的骨灰盒似地。然後，飛走了。

「奶奶，很抱歉，我親愛的爸爸沒能為妳做這件事，」羅倫佐對著骨灰甕點著頭，「或許，這是因果報應。可是，我覺得我爸並沒有像我這樣地感受到與此地的連結。甚至我還很小的時候，妳跟我說的那些故事就讓我很想來這裡了。而今，我就在這裡，」他凝視著賓妮塔，「覺得這裡是我的歸宿。」

賓妮塔回報以相同表情，兩眼閃閃發亮。

「那時候，我還小，奶奶親自教我冥想。我仍然可以記得我們坐在拉維羅的住家陽台上，就在傘松樹下，眺望地中海。她教我如何挺直背部坐正，要專注於呼吸。她還教了我一個咒語，很久以前的事了，那時我以為那咒語我永遠也想不起來了。

「春天和夏天的時候，地中海的天空晴朗，我們可以看到很遠的地方，看到沿著海岸線的城鎮和海灘。海上的船隻，在深藍的海面上留下長長的一道白色餘波。感覺就好像我們是眾神，俯瞰著自己創造的作品。可是，冬天來臨後會連續好幾個星期只有雲、霧和雨。極冷，而且能見度為零，我們什麼也看不見。夏日所有美好的感覺全都只是一場夢，一幅沒有實質內容的幻影。

「奶奶以前常取笑我。她老是說，『倫佐啊，你說的是哪一片海啊？』——她都叫我倫佐。『什麼船啊？它們的存在是什麼樣的狀態？』」羅倫佐停下來一會，凝視著其他人。

「當時我還太小，不懂，但我現在能了解她在說什麼了。即使我還那麼小，她就已經開始訓練我理解佛教的空性思想了。也就是說，我們所感知到的一切，很可能並不是我們所以為的那樣可靠。就像幻影一樣。」

席德和瑟琳娜點點頭。

「對我來說，許多事情都漸漸變得有意義了，而且就發生在過去的幾天之內。你知道嗎，有很長一段時間我很疑惑，這一刻是否真的會到來？我是否有機會把奶奶的骨灰放在爺爺旁邊？他倆相守之後，我該為他們留下什麼標記？我該選擇佛經的話嗎？還是從《奧義諸書》中選擇？還是《聖經》？

「賓妮塔和我去靜修所找波冷坦因先生。我說明了我的困境。我們討論了很多事情，也提到奶奶曾經說過，說我們必須超越標籤。就在那時，他和我們分享了一句咒語。」他眼中突然為之一亮。「原來，這跟多年前我與奶奶一起念誦的咒語是一樣的，可是我忘了！正是她曾經教過我的那一首！」

其他人都微笑著。

「小時候，我只是跟著奶奶學她念，卻不明白咒語是什麼意思，也不明白其出處。她在教我《心經》中的咒語：超越，徹底超越。波冷坦因先生說，這首咒語是目前所知的理解空性最強大的法門之一。短短幾句話便清楚說明了如何獲得圓滿的智慧，最後獲得圓滿的開悟。」

瑟琳娜和席德微笑著表示同意。

「然後席德，」羅倫佐向他點頭，「提出了他自己的建議，很了不起。」

席德舉起他右手拿著的一個黑色文件夾。「我們念的《心經》，」他說，「我想不出比這個更合適的了，不僅適合奶奶，也適合爺爺。」席德打開文件夾，把其中一張遞給春喜夫人、瑟琳娜和賓妮塔。「佛經，」他低聲說道，「是釋迦牟尼佛和他最開悟的弟子們所說的話。而《心經》是關於佛母——圓滿智慧——的要義方面，文字最少的開示。」

「佛母！」春喜夫人熱切地複述。

「智慧，空性，有時被稱為佛母，」席德解釋道，他的嘴唇輕輕蠕動，「因為母親是給予萬物生命的人，一切都源自於神聖的女性。」

他們開始齊聲誦讀《心經》，賓妮塔拿著一張紙和羅倫佐一起看。這部經我已經聽過人們誦讀上千遍了，內容是有關佛陀住在王舍城的靈鷲山，以及他的弟子——可敬的舍利弗——在他面前向觀世音菩薩請教，佛弟子應如何修習智慧圓滿。觀世音菩薩解釋說，他們應該把一切事物看作是空性，並無內在實質。不只一切事物如此，一切成就亦復如此。接著，他誦讀智慧圓滿咒：

「咀經他　唵　揭諦揭諦　波羅揭諦　波羅僧揭諦　菩提　薩婆訶」。

他們念誦此咒時，羅倫佐轉身將奶奶的小骨灰甕放進土牆，並把它用力推進洞內，旁邊是他爺爺的遺骨。隨後，他掬起一把沙子倒進去，接著再填上更多把沙子。

「唵　揭諦揭諦　波羅揭諦　波羅僧揭諦　菩提　薩婆訶」，他們跟著唸了一遍。當他們這麼做的時候，會覺得這場葬禮並不悲戚，而是開開心心地在紀念羅倫佐神父和烏瑪所分享的愛與智慧。與其說是一個圓圈的終點，還不如說是螺旋的擴展；這個螺旋多年前從只有他們二人開始，在時間的漩渦中不斷向外旋轉，現在捲入其中的不只是羅倫佐，以及其他的直系後裔，還包括所有因為他們一生的故事而大受感動的人。

這一小群人於此時此地聚集在一塊兒。還有其他人在義大利、印度，誰知道還有哪裡呢？如果空性不包括對「依賴性」與「命運共同體」的理解，那空性的智慧是什麼呢？

那天早晨，在樹冠下，樹群之間有陽光漫溢，林中禽鳥俯衝盤旋；業力之海不間斷地潮起潮落，如此切實的召喚極為罕見，業力海流就這樣推動著眾生，以及他們所能感知的一切，穿越無限的時空。

這簡短的儀式最後是以念誦「慈悲喜捨」四無量心告終：

願一切有情具樂及樂因。

願一切有情離苦及苦因。

願一切有情不離無苦之樂。

願一切有情遠離愛惡親疏，住平等捨。

隨後，我們和出發時一樣地成單人縱隊自樹林折返。耳邊只有上午的林間那柔美之音。附近溪流的潺潺水聲，隨著一陣山風穿過枝條傳來。蜂群在杜鵑花叢裡發出輕柔的嗡嗡聲。

爺爺和奶奶的遺體既已安放在一起，在那片林地裡有一種篤定感。而那份平靜感，也就是羅倫佐的使命和初衷已經實現了。

我們小隊繼續沿著春喜夫人的家那一邊前進，然後就看到瑞希了，他在家裡有保姆陪玩。從樹林裡走出來後，上午的陽光明媚。我們接著走向塔拉新月路時，遠遠地從席德和瑟琳娜的家那個方向浮現出一個人影。那人身材高挑，在刺眼的日照下我雖沒法一眼認出她來，可是她移動的模樣是我再熟悉不過的。

瑟琳娜、席德和瑞希都停下了腳步。隨著距離愈來愈近，年輕女子的腳步也愈來愈快。羅倫佐和春喜夫人在前面等候著。或許是我的視力模糊了，或許也因為我已經三年沒見過她了，她在國外上大學這段期間，已經從女孩成長為成熟的年輕小姐了。就只一瞬間，她直接朝我走來，然後全身倒臥在地，好讓我看清楚她是誰——紗若！

紗若是席德第一次婚姻所生的女兒，與我感情深厚。她很小的時候，母親就因一場嚴重車禍去世了，那個時候就在我出生前沒多久。透過瑜伽士塔欽，我倆才明白為什麼會覺得彼此之間有很不尋常的感覺。

「我的小親親！」她趴在草地上，熱情地撫摸著我。

我輕輕喵了一聲，用臉碰了碰她的額頭，又摩擦她的臉蛋。

「我昨晚就到家了，見到妳真開心！」

親愛的讀者，我也是啊！這次重逢完全在意料之外，我無法用語言表達喜悅之情，只能大聲地呼嚕嚕起來。

「哦，小貓咪尊者！」她又站起來，把我抱到她肩膀上，就像她小時候那樣。現在我的位置高於其他人的視線了，不過席德除外。大家都看著我們，臉上充滿了最可愛的表情。

「有史以來最美生物，」春喜夫人說，「我一直都是這麼叫她的。」她若有所思地猶豫了一下，然後向紗若伸出手。「現在呀，我覺得，或許妳們兩位都是！」

我們繼續前行，走出車道，在塔拉新月路右轉，朝麥羅甘吉的方向走去。

「我好想妳喔，尊者貓！」我們跟著其他人走在後頭時，紗若低聲說道：「妳就是我的螢幕保護畫面喔！經常出現在我的腦海裡，我希望妳知道這一點。」

我一直以來並沒有意識到有這樣的事情。然而，我總是能感覺到，雖然我們距離遙遠，但兩顆心的連結仍然存在——有愛、有苦、不變。而今她這麼戲劇性地來到此時此地，所以，當她抱著我時，我就去享受這個重新連結的感覺。去享受她撫摸我時那種獨特又熟悉的感覺。她無瑕肌膚的細膩光澤。在此時此地的我吸納著她的存在。

直到拐上通往靜修所那條陡峭的短車道，也已經快到山頂了，我才留意到大家要往哪裡去。

沿著新鋪好的小路，我們走到了恢宏的新入口處，寬廣的接待室兩側有巨大的拱形木門，兩旁則有種在大花盆裡的鮮紅色天竺葵。

羅倫佐和賓妮塔曾經在那一週稍早去問過他的意見，這分明就是布萊克．波冷坦因的建議。羅倫佐辦完家祭後，想要擴大範圍向所有曾支持過他的人們致謝。顯然，布萊克是邀請他來靜修所做這件事。

這座古老建築不久前還殘破不堪，現在已經回復往昔的尊榮與輝煌。這棟建築並不是特別大，但坐落在山頂就是有一種莊嚴氣勢，其山牆屋頂的特色就是木件華麗，均飾有繁複的印度風格圖樣。一樓的起居空間和樓上的臥室都有通往環繞整棟建築的陽台，光亮的白色欄桿與剛粉刷好的砂岩色牆壁相得益彰。樓上樓下都有好幾個門通往陽台，敞開的門上有透明薄紗窗簾隨風擺動。織品的布料褶子翻騰起伏時，即可一窺房間內部；這棟豪宅已準備好供人一探究竟！

紗若跟在其他人身後，從一扇法式拱門的布簾之間閃身而入，抱著我走到寬闊陽台的陰涼處。聚集在偌大接待室裡的都是些很熟的人。法郎、山姆、布蘭妮和他倆的孩子剛剛才從「喜馬拉雅．書．咖啡」到達這裡，工作人員正為他們送上咖啡和冷飲，還有其他人員拿著托盤四處走動。

陸鐸和「下犬瑜伽學校」一些資深學員全聚在瑪麗安．龐特身旁，她是附近的安養院的經理。瑪麗安手指著在安養院過世的住民，克里斯多福．阿克蘭所作的一幅畫；他死後，作品意外地大受歡迎，這才讓靜修所得以成立。里卡多和海蒂早就坐在舒適的大型沙發上；沙發上擺滿各種顏色的豪華絲絨抱枕——有深綠色、鈷藍色和洋紅色。

我扭來扭去想要紗若放我下來。她順了我的意，席德和瑟琳娜也正好要把她介紹給布萊克・波冷坦因認識。布萊克身著深色夾克和領帶，形容出眾，正在一一問候抵達的客人。他看了一眼手錶，似乎很想去做什麼事。就我個人而言，我是迫不及待想調查一下這個奇妙的新房間及其所有裝飾品，從擺在邊桌上幾個藍白相間的陶罐，到有趣迷人的香氛擴香棒，玻璃罐表面有老虎和棕櫚樹的古老圖案，從罐子裡散發出異國情調的香氣。這房間不算豪華，但卻有一種很細緻的裝潢品味。

布萊克用湯匙輕敲玻璃杯一側，吸引所有人注意。站在他旁邊的是羅倫佐、賓妮塔和春喜一家人。我跳上近處的一張軟墊凳子。

「歡迎大家來到靜修所的『上午開放時間』，」他張開雙臂，「可不是什麼正式的喔。只是讓大家有機會先參觀一下這裡的新設施，因為從下週起，第一批住民就要來了。」

人們逐漸靠近後，他看著羅倫佐，繼續說道：「孔帝先生告訴我說，他想要感謝一些人，我就建議他可以來這裡。可以說是一個篇章的結束，也可以說就是另一篇章的開始。」

「也是其他好幾個篇章的開始！」羅倫佐含笑地特別強調，大家不禁輕笑起來。

布萊克示意他應該繼續說下去。「我在想，現在，大家可能都已經知道我會來麥羅甘吉的原因了。我在了解我爺爺的過程當中遇到了很多困難，卻也帶來了最為意想不到的突破。」

周圍的人紛紛點頭微笑。

「我們才剛回來，」他的口氣柔和優雅，指了指賓妮塔、瑟琳娜、席德和春喜夫人，又接著說：「剛剛把我奶奶烏瑪的骨灰放在羅倫佐神父的墓穴旁邊。那是……很特別的時刻。」他低頭往下看，神色迷茫。「就像布萊克說的，」他看向布萊克的時候，他正撥弄著領帶，「我們家族歷史的一個懸而未決篇章，已經太久了，現在就是做一個結束。為了實現奶奶的願望，我來到了這個……神奇的地方。」羅倫佐棕綠色瞳孔的光彩，好比那天早晨，穿透林間枝椏的那道極樂之光，「很像是她在指引我走向自己的靈性道路。」

他與在場每一個人對視，一次一個人，所說的話都是發自內心的。「這一切之所以成真，全都歸功於你們所有人。除了義大利之外，任何地方都比不上這裡能讓我更加自在。你們每一個人，都直接或間接地給了我最大的支持。所以，在我離開麥羅甘吉之前，我打從心底想要感謝大家。」他把手放到胸口。

這一小群人當中蕩漾著一陣陣溫馨的讚賞漣漪，然後法郎問：「你會回來嗎？」

「會！」羅倫佐立刻回答。「很快就會回來。」他看了賓妮塔一眼，繼續說：「但是，走的時候，會帶一個人跟我一起走。」他伸出手來握住她的手。

賓妮塔難為情地笑了笑，說：「羅倫佐邀請我去見見他的家人。」

「我覺得我的家人沒見到她的話，是不會相信真的有像她這樣的人的，」羅倫佐說這話時，大家都笑了。「即便如此……」他簡潔地表達了他深深的感激之情，分享了他要帶賓妮塔去義大利的消息後，兩人就接著去和其他人聊起來了。鋪滿波紋窗簾與印度手織地毯的氣派廳堂裡，四周又開始熱鬧起來。我坐在軟墊凳上，環顧四周，欣賞著室內茂盛的大型綠葉植物，牆上還有一系列植物圖案，正如布萊克所說的，有一種圓滿的感覺。一個圈圈兜攏起來了——同時也帶來各種嶄新的可能性。

紗若來到我身旁，食指尖上還有一小撮她的英式鬆餅上挑起的打發鮮奶油，讓我邊舔食邊讚賞不已。她跪下來撫摸我時，我看到布萊克的手下，一名穿著制服的新員工匆匆走向他，並在他耳邊低聲說話。布萊克看了一眼手錶，隨即向大家致意後告退。

他走到大廳另一頭，把布簾拉開來。片刻後，他引領著達賴喇嘛進入室內。當大家一察覺大駕光臨的人是誰時，突然間全部安靜下來。然而，尊者示意他們繼續交談，不用太驚訝。全世界沒多少地方能做得到這樣的請求，然而，這裡就是極少數做得到的地方。由於一份特別的感激，特別的理解，大家又開始大聊起來。有那麼一會兒，尊者看著紗若與我，眼神明亮。

達賴喇嘛所到之處，幾乎都是人們關注的焦點，他也是別人尊敬的對象。無論是尊勝寺自己家這邊，或在遙遠的紐約發表演說，或在巴黎或雪梨參加會議，所有的目光都會聚焦在他身上。他很少有機會能單純地四處走動，而能不受他人關注。

但在這裡，他可以處在認識的人們當中，有些人更是交情超過半世紀了，他就是這群朋友裡的一個人。這些人或許像外界的任何人一樣尊敬他，可是他們也理解他不想總是被人盯著看，而是可以毫不張揚地度過一天，自由地做自己，不受任何期待的束縛。

在場所有人當中，布萊克是最近才來到麥羅甘吉的，但他很本能就了解到這個簡單的道理。他很快就回應了尊者關於靜修所重建的問題。兩人走進走出的時候，討論到這房子某一角落的屋頂急需修繕。樓梯需要大規模翻新，修復搖搖欲墜的扶手，還要更換很多樓梯——再增補一部寬敞的新電梯。達賴喇嘛顯然對這棟建築物非常了解，而且真心感激修復的工作做得如此細膩。

過了一會兒，達賴喇嘛才走到瑟琳娜、席德和春喜夫人身邊，他們正在與羅倫佐、賓妮塔和瑪麗安．龐特交談，瑞希則在一旁的地毯上玩耍。他們空出位置來，好讓布萊克和他也加入談話。他一手拉著席德，另一邊則牽起瑪麗安．龐特的手，爽朗地看著這群人說：「這些工作他們做得好棒啊，對不對？」他伸手指向房間四周，意指整個重建計畫。

負責監督舊療養院的購買和重建的人是瑪麗安和席德，是按照克里斯多福．阿克蘭為「破產的老波西米亞人」建造退休之家的願景去執行的。他倆任用布萊克為第一位主任。

「布萊克有帶您四處看看了嗎？」席德說。他一向都避免把焦點放在自己身上。

「哦，有喔！」尊者回答道，親切地看了布萊克一眼，「不僅如此，他也是個棒的主管！」

他們都笑了，他則繼續說道：「這個人啊，來尊勝寺的時候，見到他之前就先聽到他的聲音了，『哈！哈！哈！』」他模仿布萊克，大家都覺得十分有趣。

「這很好，」他讚許道：「賦予老建築新的生命，也照顧了年長者。」

房間裡其他人都湊過來聽聽達賴喇嘛在說些什麼。

「西方國家，有時候會把老年人當作是沒人要的，眼不見為淨，他們會覺得自己一無是處。有些國家則會尊重老人。通常來說，他們把自己的生命獻給自己的孩子。所以，時候到了，孩子們可以多多去照顧他們。這很有幫助，不是嗎？這樣一來，年長者就可以善用剩下的光陰，從寶貴的人類生命中獲得最大的意義。」

這一小群聽眾專心地在理解這些話，好幾位頻頻點頭稱是，尊者繼續說：「今天早上布萊克邀請我來，我非常開心。你們看，一九五九年我們從西藏來到這裡，剛開始，我們的第一個家就是在這裡。」

「真的？」布萊克驚呼。

從房裡所有人的表情看來，他們也同感驚訝。

達賴喇嘛點點頭。「即使回到當初，這裡也是一座老屋。屋頂有問題。樓梯有點不太穩，」他低聲說著，「但是，我們不再受到中國軍隊的攻擊。非常感謝印度政府允許我們在達蘭薩拉這裡定居。靈性朝聖者的休息處，這就是「達蘭薩拉」的意思。這裡就是我們一直居住的地方，直到我們能在馬路對面蓋了尊勝寺。」

他轉頭對布萊克說了幾句話，接著兩人便穿過室內走到門口，並踏上中央走廊。其他人看著他們，不知道他們是否要做私人導覽；但是，尊者轉過身來，示意我們跟他們一起走。於是，這一小群人也就上了樓。遇到困難路段時，紗若會把我抱進懷裡，但一到了新裝修好的臥室就會放我下來，讓我嗅一嗅黃麻地毯啦、柳條籃子啦，還有最近才打亮過的木門的強烈氣味。

我們參觀了臥鋪區，收掛起來的薄紗蚊帳輕飄飄的，有如蠶繭般在微風中靜靜搖曳。還有那些大黃銅燈，搭配如煙霧般色調的褶皺燈罩。樓上露台有好幾個形狀像甕那樣的大盆子，裡面的天堂鳥朵朵盛開。再加上大量備用的藤製家具，面對著那幅最壯麗的景色，一座座山峰鱗次櫛比，綿延至遠方。

尊者停下來欣賞著這一切，然後轉身面向布萊克和跟隨他的這一小群人。「太美了！」他的聲音低沉，充滿感情。

布萊克點點頭，一時之間似乎在考慮是否要問點什麼，然後達賴喇嘛直視著他，並揚起眉毛，示意詢問。

「克里斯多弗·阿克蘭這位藝術家的財富被用來重新開發了這個場地，他告訴瑪麗安說，他想為像他這樣的人們蓋一間庇護所。」他說。

尊者點點頭。他不僅知道這個故事，也曾參與其中。克里斯托弗在他生命的最後時刻，曾經見過達賴喇嘛，也正因為受到啟發，他才走會上了這一條軌道，把死亡轉變成了一次最為振奮人心的超然體驗。

「我們一直都在為命名這件事傷透腦筋，」布萊克繼續說道，「這個地方要取個什麼名字？克里斯多弗說的是『破產的波西米亞老人藝術家基金會』。這是開玩笑的吧！一定是說笑而已吧！我們不希望這裡的住民要認同自己破產這件事。也不一定是年紀很大的啊！席德、瑪麗安和我一直在討論名稱的事，一個命名。」

達賴喇嘛仔細地聽他講述。

「我們回溯到了克里斯托弗的初衷。他創建這個地方的動機之一是慈悲心。」

在我看來，雖然不能說是害羞，但這是布萊克有史以來第一次顯得很不自在。「因為我們的位置，離您只有一條馬路，」他做了個手勢，「剛剛在樓下又聽說您在這裡住過一段時間，不知道您是否介意我們把這裡命名為『觀音靜修所』（Chenrezig Rest House）？」

「當然可以，」尊者立刻同意。「為什麼不呢？是慈悲的佛。」

布萊克笑容滿面，不再因為需要提出請求而感到壓力，也因達賴喇嘛的回答而感到如釋重負。

在樓上露台，尊者看著聚集在他身邊的同伴，超越此時此地，他把手掌放在胸前，臨時獻上一句禱文：「在這裡生活和工作的人們，願慈愛的精神遍及他們的頭腦與心。」他簡單地低聲說道。

大家紛紛跟著他做，雙手合十，分享並延續了他的心意。

他閉著雙眼在樓上露台站了一會兒，雙手結大禮拜手印。在喜馬拉雅山巍峨壯麗的映襯下，從他身上流淌出仁慈的能量，所包容的不僅僅是我們這些與他同在的人，也包容著我們以外的、現在與未來的、每一個在這裡生活和工作的人。

停頓片刻後，他低聲念誦「嗡嘛呢叭咪吽」，亦即觀世音菩薩心咒。然後他臉上洋溢著喜悅，睜開眼睛與這一小群人交流。「我們下樓吧？」他問布萊克。

有一個房間讓他特別感興趣。我們走到全新的瓷磚樓梯底部時，他說，跟他一九六〇年使用的那樓梯相比，這是一個極大的改善。尊者沿著主要通道走到某個入口處。通往走廊左側的門是半開著的。他疑惑地看著布萊克。他身後的布萊克於是伸手把門推開，並領他走了進去。

達賴喇嘛十指相扣，雙手放在胸前走入室內，環顧寬敞的空間，滿臉孩童般的驚奇神色。那是布萊克的辦公室——我幾天前才去過的那一間。尊者轉過身來，仔細地看著這一切，好似回到了早些年的時候。他對自己有興趣的事物從不掩飾，這個特別的地方對他有著特殊吸引力，所以他轉身向布萊克時，布萊克便猜測道：「這裡曾經是您的辦公室？」

尊者微笑稱是。接著指向布萊克說：「現在……是你的？」

布萊克點點頭。

「我看得出來，」尊者指向那些書架，上面擺滿的都是各種罕見又深奧的書籍，「你有一顆探索的心。東方與西方的智慧，你想把它們融合起來，對嗎？」

他停下腳步，若有所思地審視著，從新家具到面具牆，從色彩繽紛的超現實主義畫作到布萊克寬敞的辦公桌，他給布萊克一個燦爛的微笑，「現在要比我以前的時候好很多！」

兩人咯咯笑著，達賴喇嘛走到房間更裡面，朝窗戶走去。這裡對尊者來說顯然是個非常特別的地方，這一群朋友跟在他身後，享受著與他同處的時光，體會尊者探索這個顯然對他特別重要地方時的深切情感。

尊者從容地走向窗邊座位和格紋軟墊，凝視窗外的景色。他站了一會兒，眺望著連綿的山脈逐漸隆升，直至遠方。布萊克走近時，他做了一個手勢意指翻越喜馬拉雅山之後更為遙遠的地方。「我們就是從那裡過來的。」他簡單說道。

這是第一次感覺到那些山好比是一道道無法跨越的路障，而不是超然的、崇高的召喚。我們所在之處與達賴喇嘛的祖國之間存在著不可逾越的障礙。

「來到這裡後，我們感到很安全。但那是一段非常漫長的旅程。」他沉思前事。「由於事先沒有任何警告，很多人都沒有準備好合適的食物、衣物和鞋子。太多人死了。」他坐在格紋軟墊上，眼睛仍然盯著遠山。「早期，有好多關於紅軍破壞我們寺院的消息，殺害僧侶和比丘尼，好多動亂。」

他面朝西藏的方向坐著，沉默中有悲意。一九五九年因為中國侵略，他被迫從拉薩出走，當時尊者不只是西藏的精神領袖，也是其政治領袖。尊者二十歲出頭時，曾經想要與毛澤東協商，找出政治上的解決方案；不過，狡猾的毛澤東卻把西藏看作是個很容易入侵的目標。此外，還有一個戰略上的關鍵：長江、湄公河、黃河等亞洲主要大河，其源頭都在青藏高原。

其他人都靠了過來，在旁邊的椅子或地毯坐下，領略著當時年紀輕輕的他必然經歷過的、非同小可的各種情緒，而他如今就坐在面前，聆聽家鄉的消息，同時眺望著同樣的景色。春喜夫人坐到了離達賴喇嘛最近的椅子上。不一會兒，我跳到她膝蓋上。

儘管尊者一定經歷了如此深的創傷，他依然是仁慈平等的化身。與他同樣地位的領導人可能早已被憤怒吞噬，或因受挫而痛苦，或陷入無止境的絕望深淵。我們可以清楚地感知到他完全沒有這些狀況。

他轉頭對我們說：「我盡我的全力去拜訪其他國家，尋求協助。」

「在西方國家，那時候是我們大多數人第一次看見您。」路德維希說道，他盤著腿舒服地坐在一旁的地板上。「那是早期您開始出國訪問的時候。」

達賴喇嘛與他四目相對。

「如果您一直待在拉薩。如果西藏像拉達克或錫金那樣，對大多數人來說仍舊遙不可及，甚至默默無聞的話，」路德維希繼續說道：「有時候，真不知道如果中國沒有入侵的話，現在會是怎樣的局面。」

尊者點點頭，顯然也一樣在思考那種可能性。

「我們當中有誰能找到佛法嗎？」路德維希問，「能了解一丁點兒佛教嗎？」達賴喇嘛聳聳肩。「一顆受佛法吸引的心，其受吸引的因並非在那顆心的外面。肯定不是毛澤東的關係！」他露出了詼諧的表情，「如果有人創造出那個因緣，他就一定能找到佛法。」

「那個因緣，」布萊克確認道：「是過去的修練嗎？」

「對，對。」尊者環顧著在場的我們，「今天，」他說：「這一生，我們也許是西藏人，也許是義大利人。人或貓。男或女。但不會一直都是這樣的。」

他簡單地講述無常和業力，但是，因為所傳遞的是不同層次的，所以感覺起來，他並不是重複地講述佛教教義，而是在提醒著我們那些已經知道的事。讓我們與自己沒察覺到的、隱晦的，卻又跟自己相關的基本事實重新連結，因為在此時此地，我們就是身陷在這一生的真人實境秀裡。

尊者繼續說：「如果你家隔壁住著一位證悟很高的喇嘛，但你的心流當中並沒有向佛的因緣，那麼，你永遠只會把這位喇嘛當作普通人而已。可是，就算你住在地球上最偏遠的地方，如果你曾經創造了這樣的因緣，佛法一定會出現在你面前的。或許是一本書。或許是你遇見的某人。那本書或那個人會來啟發你，鼓勵你繼續修練。我們愈去滋養自己的修行，它就會愈來愈強大，生生世世。」

親愛的讀者，吸引力爪則。

他欣賞完外面的景色後回過身來，這才瞧見了那個雕刻繁複的石盒——我上次來訪時就吸引我去查看的那個東西。

「啊！」他讚歎道，伸手觸碰，然後直視著布萊克，「這東西很古老喔？」

「從犍陀羅來的。」布萊克確認道。

尊者雙手放在石盒平滑的弧形側邊，閉上雙眼，彷彿正憑著直覺在感知其不尋常的用途。

「來自某個非常特殊的時間和地點，」過了一會，他說道，聲音充滿感情。「東方和西方。」

他又說了之前說過的話，投向布萊克的眼神中有溫馨感謝之情。

布萊克點點頭。

「兩千五百年前，」達賴喇嘛移開石盒上的雙手，同時以極為崇敬的神情注視。「犍陀羅，」他抬頭看著我們說：「是個古老的地方，在這裡的西邊，被亞歷山大大帝征服過。有好幾位印度／希臘的國王成了佛教徒。西方人第一次接觸到佛教是在大約西元前三百年，他們的硬幣甚至還刻有八輻法輪。」

「我都不知道耶！」春喜夫人承認道，「我還以為佛教是在您來了之後才傳到西方的呢！」

尊者大笑，接著便與坐在地毯上的紗若對視。他拍了拍軟椅墊，邀請她坐到自己身邊。

紗若立刻站起身來，趕忙坐到他身旁，兩人在那兒稍稍擁抱了一下。達賴喇嘛從她出生就認識她了，幾十年來一直是他們家族的朋友。

這是她自英國歸來後他們首次相見。她已不再是個孩子了，現在坐在他身旁的是一位落落大方、年輕美麗的小姐。

「在任何時刻都有許多影響和關係，雖然不總是顯而易見，但它們確實存在。」尊者繼續說。是我在想像，還是他的確在說話的時候，飛快地從紗若身上看向了我呢？「西方對東方的影響，東方對西方的影響。佛法有時以引人注目的方式，有時則是以比較隱微卻也更為深刻的方式，不斷地傳播著。佛陀本人在經典中把佛法比喻為漂浮在浩瀚深海上的金色軛環，不斷地被風吹來吹去。從釋迦牟尼的出生地尼泊爾，到今日的印度，透過阿育王的影響遍及全亞洲。風把佛法從印度帶到西藏，又帶到中國以及東南亞國家，最近又從西藏帶到西方。舉凡眾生所在之處，只要人有覺察之心，佛法就會顯現。」

「所以，您是說，」在他身旁的紗若問道，她不僅驚歎於他所描述的景象，也訝於這個景象對個人的重大意義，「某某人或許在犍陀羅時代有著一顆希臘人的心念，後來是西藏人的心念，而現在，或許是西方人的心念——這樣一個人，他的心念便是佛法在他面前顯現的緣由？」

「沒錯！」尊者點點頭。「佛、法、僧。一切都是從心念生起的。」

「或許我們當中有些人已經一起走在這趟旅程上，為時好幾千年了？」

「一切都是連結互通的。」他確認道。

他挪動著身體，想騰出多一點空間給紗若。低頭一看，這才發現他的紅袍上沾了一團白毛。他馬上盯著我瞧，輕巧地刮除長袍上的毛後，就拿給布萊克看。

「她已經來過這裡了？」他問。

「兩天前吧，」布萊克確認道：「她直接就走到您現在坐的這個地方，」他點點頭，「然後就坐在那兒不走了。」

尊者哈哈大笑，肩膀抖動著。「妳看！」他鄭重地將毛團交給紗若，「我們彼此是連結互通的。」

房間裡一片笑聲，氣氛輕鬆愉快。這時瑟琳娜說話了：「如果沒有尊者貓，就不可能有今天所發生的一切。畢竟，是她在我媽花園的灌木叢下，找到露娜墳墓的標記。在『喜馬拉雅．書．咖啡』發現了羅倫佐的也是她，在寺院上旺波格西的課注意到羅倫佐的還是她。」

她說話的時候，達賴喇嘛饒富興味地聽著一系列事情的進展，看看春喜夫人，又看看羅倫佐，他們都同意這個說法。

「要不是她那天晚上動作誇張，」瑟琳娜繼續說道，「山姆也不會去欣賞羅倫佐的鋼筆，羅倫佐也就不會把鋼筆送給他，賓妮塔也就不會做出最關鍵的連結。所以，你們明白了嗎？」她聳聳肩，熱情地張開雙臂。

「這一切都回到尊者貓身上！」法郎劃出了她的訊息重點。

「沒錯！」春喜夫人的眼皮顫動著，愛意充盈地撫摸我，「有史以來最美生物！」

「把尊者貓視為充滿大愛與智慧的生物的人，我為他們感到高興。」達賴喇嘛回應瑟琳娜的說法：「並不是所有見到她的人都會有同樣的看法。」

「我知道！」法郎感慨地說。「咖啡館裡有些顧客很可怕。曾經有一個什麼愛貓協會的主席，因為尊者貓走路的方式，就想把她送去安樂死。」

「就像這樣，」尊者點點頭，一點也不意外。「就像佛法只能在有此因緣的人心中升起一般，」他轉向紗若，把她的手放到他手上，「其他一切事物也是這樣的。**你在這世界所看到的美都來自於你——來自於你過去的功德。如果你體驗到內心平靜，那是因為你的心、你的善業。**」

外頭，太陽已升起，燦爛的喜馬拉雅山晨光從敞開的窗戶灑進來，充滿明亮的希望與生機。

「所以，如果發覺自己置身於一群認識多年的老友當中，都是交往了幾十年的好友，這些與我們共同踏上這段旅程的人，未來還會一起繼續走下去。」達賴喇嘛說：「真的，那該有多美妙啊？」

他所說的每一個字都深深觸動了在場人們的心，讓我們超越自己平時的偏見，把我們提升到一個更為崇高、超越時空的實相。比起其他實相，那是我們所感知到的、更重要、更恆久的實相。

「如果我們之間建立了寶貴的連結，未來我們將會保持聯繫。我們永遠不會迷失方向，而是在開悟的旅途中互相扶持，因為我們正在創造讓這件事情發生的因緣。」

尊者講話時，在我上方的春喜夫人輕輕地擦拭雙眼。

「一顆善良的心，」他將右手放在胸前，「正確的心念。皈依佛陀、皈依佛法，還有……」他示意房間內的眾人，「僧伽。我們的同修。這些都是現在和未來的幸福的真實原因。」

大家都坐著，眾人的心念與他的心念完全相連通，我們是一體的。

「我們多有福氣呢！」尊者下了結語。

真的，好有福氣啊！親愛的讀者，如果你多年以來也和我們一起認真聆聽旺波格西週二的晚課，默默聆聽在「喜馬拉雅．書．咖啡」那些意味深長的對話，在「下犬瑜伽學校」半昏暗的露台上共度夜晚，或是留意瑜伽士塔欽的傳訊，那麼，你就是我們當中的一員。我們這個朋友圈的一分子。

我們為必然的開花結果創造因緣，「一起踏上開悟之路」就會成為一個自我實現的預言。尊者的超然祝福中也會有你！

後記　開悟的心

所有的一切都處於變化過程中的某種生成狀態——這就是我們都有可能開悟的原因。如果堅持要現在的自己永遠不變，那麼你所能期待的未來就只有一成不變。讓我們的意識浸染於會帶來未來正向成果的正面因緣，那麼，轉化不僅是有可能的，而且將是必然的。

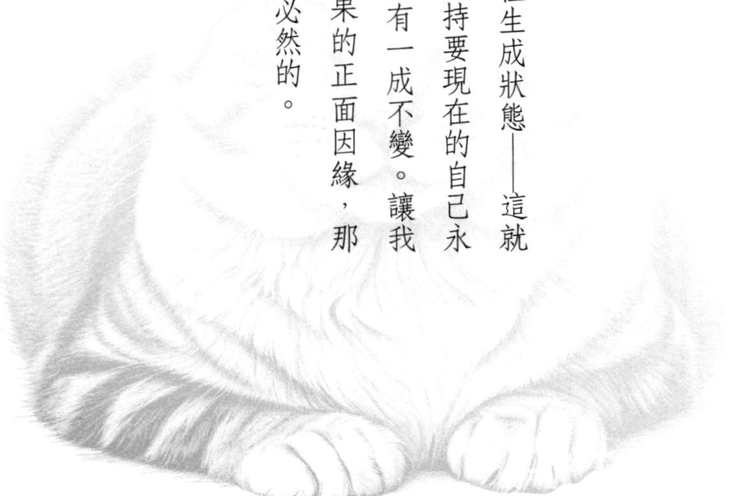

不久後，布萊克說：「我在想，既然這裡早在我們搬進來之前就是您的家了，而且還是在您人生這麼重要的時刻，你會想在這裡獨處一會兒嗎？」

達賴喇嘛感激地望著他，然後微微地點點頭。

大家都站起身來，默默地走出房間。於是，尊者就站著，眺望草坪和樹林，還有遠方的青山。他雙手合十放在胸前，低聲默念咒語。

真不知他初到此地時，返回拉薩的可能性有多大。他是否曾希望毛澤東改變心意，讓他回家，讓西藏享有他熱切尋求的有限自治權？還是說，他早就知道這樣的夢想是遙不可及的？他是否曾想到，六十年後，他會來到同一個房間，看著同樣的景色，而回歸的希望，較之以往，卻更加遙遠了？

如果他能夠回拉薩的家，會發生什麼事情呢？我會是一隻出生在西藏的貓，以某種方式走上他房裡的窗台，在布達拉宮的高處俯瞰拉薩嗎？或者，我會在德里街頭被包在皺成一團的報紙裡等死呢？那些西方學生會不會都投生為藏族人，隱居在地球最險峻的高山上，繼續修習佛法呢？

過了一會兒，我往前伸展兩隻前爪，再用一套華麗的拜日式伸展全身。達賴喇嘛微笑看著我，欣賞我高聳的毛茸茸尾巴、抖動兩腿以及——比應有的長度更長的——我展露出來的爪子。

「我的小雪獅，妳是在展示『吸引力爪則』嗎？」他低聲說道，彎下腰來把我抱進懷裡，然後再次面向窗外。

霎時，我回想起那些乘坐著大得不可思議的粉紅禮車前來的網紅們。達賴喇嘛是怎麼迅速糾正她們的觀念，不再要求他展示魔法以實現她們的美夢，或去追求財富、愛情以及其他世俗成就。相反地，他解釋了培養真正幸福的因緣——開悟的心的重要性。在我們凝視遠方的此時，我回想著自那時起，我所學習到，關於菩提心和空性的迷人見解以及強大修持。

我發覺春喜夫人在她所烤的每個蛋糕、所煮的每一餐裡都添加了「菩提心動機」這個特殊食材。藉由將「菩提心」——為了每一個眾生的緣故，而想獲得開悟的願望——融入日常行動中，尤其是她用無比的熱情所做的那些行動，她刻意把注意力從自己轉移到他人身上。多年下來，她情緒不穩定的個性轉變成充滿深深的幸福感，以及平等開闊的心胸。這會很意外嗎？

從瑟琳娜與沮喪的賓妮塔談話中，讓我了解到「菩提心」這個護身符的價值，那是個值得珍惜的心靈護身符。無論人們選擇的是菩提心、感恩或其他真正的寶藏，都很不可思議，都會發現這個道理：**我們把什麼放在心念的面前，心念就會忠實地反映出來。我們是怎樣想的，我們就會變成怎樣的人。**

然而，並非所有實踐慈悲心的人都是同一種表現，正如我們的蘇格蘭訪客比爾，他極度暴躁的脾氣所證明的那樣。他完全沒有能力去表現出甜蜜和輕鬆的一面。然而，在城市的窮街陋巷中疲憊跋涉，直到凌晨，照顧無家可歸的人，卻是他獻出一生的使命。有些菩薩是豆豆糖那種，令人生畏的外表下隱藏有一顆最純潔的心。

瑜伽士塔欽向海蒂解釋了開悟的另一羽翼——「空性」，並扼要敘述了世界上的一切（包括你我）是如何依賴著自身以外的其他要素。由於依賴著許多不同的成分、緣由和心理覺察——這些要素不斷在變化——也意味著任何事物都沒有永恆的實相。浮游生物被鮪魚攝入吸收。鮪魚變成了貓糧。貓糧被食用後，必然會出現在花園某處，也許是在灌木叢下，之後可能會以美麗玫瑰花的形式清新展現。所有的一切都處於變化過程中的某種生成狀態——這就是我們都有可能開悟的原因。如果堅持要現在的自己永遠不變，那麼你所能期待的未來就只有一成不變。讓我們的意識浸染於會帶來未來正向成果的正面因緣，那麼，轉化不僅是有可能的，而且將是必然的。

旺波格西在解釋如何確實地加速我們的向上發展的軌跡時，一直都是胸有成竹的。他指出，當你用身、語、意從事積極行動時，要刻意地憶念「空性」（實相的究竟本質），這樣子便能確保這些行動的效果能在這個究竟實相裡成熟，而不是在我們慣常的輪迴經驗中成熟。某種程度上，我們都已經在一個推動我們走向開悟的功德銀行辦了戶頭。親愛的讀者，如果吸引力法則有一個珍貴的目的，那麼，就是這個了！

有一天晚上，在「下犬瑜伽學校」的露台上，里卡多提問：「如何同時專注於菩提心與空性？」陸鐸的回答頗具說服力。透過不斷親近並深入菩提心這個動機，讓菩提心從心念的目標轉化為心念的狀態，變得真實且自發，就像戴墨鏡那樣地成為了習慣，那麼，每當我們以這樣的心去憶念空性時，就能同時修練菩提心了。

我們小鎮的新成員，熱情洋溢的布萊克．波冷坦因，他把《心經》的咒語當作是「空性」的壓縮檔，誦讀此咒有無量功德：

「咀經他　唵　揭諦揭諦　波羅揭諦　波羅僧揭諦　菩提　薩婆訶」。

布萊克總是留意超凡的文物，更不用說對其中有趣的相連互通充滿關注，正是他早早揭示了東西方之間的相互影響，甚至早在基督紀元之前很久就開始了。希臘的藝術與文化對亞洲的影響有多大，尤其是在佛陀形象的表現上？釋迦牟尼佛的思想對希臘哲學家，以及透過他們而對西方哲學所產生的影響又有多大？那是遠遠比我們所能想像的要多更多的。

席德則從比較個人的角度去詮釋這種互通的情況：為什麼我們會受某些人吸引，卻說不上來為什麼？之所以有各種各樣的有情眾生來到我們的生活當中，正是因為前世共有的業力連結使然。

更重要的是，要形塑我們的意識與未來的命運時，很弔詭的是，我們不僅會受到直接認識的人物影響，而且，你對誰敞開內心和思想，就也會被他們影響，即使互不相識。老師、領袖，甚至那些透過閱讀而接觸到的人——愈與他們產生共鳴，就愈有可能在未來建立親近的關係。

尊者強調耐心滋養我們的修行的重要性。菩提心和空性，就像佛法所有其他的珍寶一樣，不只是拿來做研究，也不只是用頭腦說欣賞而已，而是要拿來佩戴的。兩者都是你能發生改變的原動力，是要去實踐、要拿出來用的。

在我們共度的旅程中，達賴喇嘛也溫暖地認可了我們這群旅伴的價值：僧伽。我們與這些人物共享了無數的轉世之旅。誰能說得清楚我們曾經同坐在多少個房間裡？一起吃過多少頓飯菜？在彼此的陪伴下參加過多少堂課？

那天早上，我在尊者懷裡，從他的肩膀眺望遠方，突然間發覺，我們是否同在此地，而不是在布達拉宮，這些都變得不是那麼重要了。從更為廣闊的角度來看，人一生的際遇，甚至是那一生所投生的國家，相較於生命所賦予之目的，都變得不那麼重要了。

我用「呼嚕嚕」對這一刻、此地與當下，還有得以親近這位非凡人物，表達了我的感激之情，所有這些都是至關重要的。無論是住在拉薩或麥羅甘吉——事實上，無論是在倫敦或洛杉磯、慕尼黑或墨爾本——完全沒有任何影響。無論我們是貓族或人類，富人或窮人，年少或年老，真正重要的是，我們繼續與旅伴一起走在超然之旅的道路上。

尊者的心中湧出慈愛的波濤，與我自己因喜悅和感激而愈發深沉的呼嚕嚕聲同樣真切。我多有福氣啊，能夠成為達賴喇嘛的貓！親愛的讀者，我們多有福氣啊！我們的心一起被吸引到這裡來。我們一起冒險，一起探索了一個智慧主題——空性，如此高深，再也沒有比這更高深的了；還有一個動機——菩提心，無比偉大，再也沒有比這更偉大的了。

從這個究竟智慧與利他主義的巔峰，願我們每一個人都延展出慈愛的波浪，以擋不住的能量與光，穿越十方，觸動一切有情眾生的心靈，並引領他們進入無量極樂的境界。

願眾生都享有幸福，以及幸福的真實成因；
願眾生都擺脫苦難，以及苦難的真實成因。
願眾生永不脫離無苦無難的幸福、涅槃解脫的極樂；
願眾生常住於平靜與等持，擺脫執著、厭惡與無明之心念。

獻辭

透過閱讀、思考與冥想
以及由此而產生的行動，
願所有得遇本書的人
淨化一切惡業，累積無量功德。在珍貴的老師的指導下興旺豐盛，
願我們都長壽、健康、幸福。透過放下我們的自我，
願我們品嘗到開悟的殊勝喜悅。
爾後，願身為諸佛的我們，
扶持全宇宙空間內的一切有情眾生。
透過以多種形式，自發且毫不費力地顯現，
願我們幫助那些感到孤立又痛苦的人
速證自身佛性，
好讓一切眾生安住於光明慈悲、無量智慧之無上境界，

無二、大樂、空性。

達賴喇嘛的貓 6 —吸引力爪則

The Dalai Lama's Cat and the Claw of Attraction

作　　者	大衛．米奇（David Michie）
譯　　者	江信慧
責任編輯	徐藍萍
版　　權	吳亭儀、江欣瑜
行銷業務	周佑潔、林詩富、吳淑華、吳藝佳
總 編 輯	徐藍萍
總 經 理	彭之琬
事業群總經理	黃淑貞
發 行 人	何飛鵬
法律顧問	元禾法律事務所　王子文律師
出　　版	商周出版　115 台北市南港區昆陽街 16 號 4 樓 電話：(02) 25007008　傳真：(02)25007579 E-mail：ct-bwp@cite.com.tw　Blog：http://bwp25007008.pixnet.net/blog
發　　行	英屬蓋曼群島商家庭傳媒股份有限公司城邦分公司 115 台北市南港區昆陽街 16 號 8 樓 書虫客服服務專線：02-25007718　02-25007719 24 小時傳真服務：02-25001990　02-25001991 服務時間：週一至週五 9:30-12:00　13:30-17:00 劃撥帳號：19863813　戶名：書虫股份有限公司 讀者服務信箱 E-mail：service@readingclub.com.tw
香港發行所	城邦（香港）出版集團有限公司 香港九龍土瓜灣土瓜灣道 86 號順聯工業大廈 6 樓 A 室 E-mail: hkcite@biznetvigator.com　電話：(852)25086231　傳真：(852)25789337
馬新發行所	城邦（馬新）出版集團 Cite (M) Sdn Bhd 41, Jalan Radin Anum, Bandar Baru Sri Petaling, 57000 Kuala Lumpur, Malaysia. Tel: (603) 90563833　Fax: (603) 90576622　Email: services@cite.my
封面設計	李東記
印　　刷	卡樂彩色製版印刷有限公司
總 經 銷	聯合發行股份有限公司　新北市 231 新店區寶橋路 235 巷 6 弄 6 號 2 樓 電話：(02) 2917-8022　傳真：(02) 2911-0053

■2025 年 3 月 6 日初版

定價 380 元

Printed in Taiwan

城邦讀書花園
www.cite.com.tw

線上回函卡

ISBN 978-626-390-450-7

國家圖書館出版品預行編目 (CIP) 資料

達賴喇嘛的貓 6, 吸引力爪則 / 大衛．米奇（David Michie）著 ; 江信慧譯. -- 初版. -- 臺北市 : 商周出版 : 英屬蓋曼群島商家庭傳媒股份有限公司城邦分公司發行, 2025.3
面；　公分
ISBN 978-626-390-450-7（平裝）

譯自 : The Dalai Lama's Cat and the Claw of Attraction

873.57　　114001565